성추행당할 뻔한
S급 미소녀를 구해주고 보니
옆자리
소꿉친구였다 4

켄노지
Illustration 플라이

1	제작 진행 중 *3*
2	막차 *15*
3	여름방학 전의 관문 *43*
4	남녀 단둘이 외출하면 그건 데이트 *57*
5	발탁과 두고 온 물건 *87*
6	크랭크인 *100*
7	바다와 푸른 충동 *118*
8	오디션 *169*
9	결과 *195*
10	그녀를 위해서 *214*

성추행당할 뻔한
S급 미소녀를 구해주고 보니
옆자리 소꿉친구였다 4

켄노지

커버・삽화・본문 일러스트
플라이

① 제작 진행 중

학교 축제에 내놓을 독립 영화. 어떤 이야기로 할지는 각본 담당인 토리고에에게 맡기게 되어버렸다.

"왠지 다 떠넘기는 것 같아서 미안하네."

점심시간, 나는 시끌벅적한 교내에서 멀리 떨어진 물리실에서 점심을 먹으며 말했다.

저번에 우리 집에서 기획 회의 합숙을 했을 때는 아무것도 정하지 못하고 토리고에에게 맡기자고만 했기 때문이다.

사람은 많을수록 좋다고 생각했지만 아무래도 역효과였는지, 각자가 생각하는 '재미'를 주장하기 시작해서 수습할 수 없게 되어버렸다.

결국 두 시간 정도 이야기를 나눈 다음 여동생이 차려준 저녁밥을 먹고, 그 이후로는 게임을 하며 밤을 새우기만 한 모임이었다.

"괜찮아. 나는 신경 안 쓰니까."

토리고에는 아무렇지도 않다는 듯이 말했다.

"히이나랑 히메지, 타카모리 군이 어떤 걸 생각하고 있었는지 알았으니까, 그것만으로도 좋은 외박 파티였던 것 같아."

냠냠, 젓가락을 움직이며 도시락을 먹는 토리고에.

외박 파티……

역시 저번 합숙은 그런 이미지였구나.

후시미도 회의보다는 외박을 하러 온 것 같았고.

남녀 불문하고 우리 학교 학생들에게 인기가 많은 내 소꿉친구, 후시미 히나는 친구도 많은 주제에 외박 파티나 그런 걸 해본 적이 없어서 꽤 동경했다고 한다.

아이돌 같은 존재라 해도 친구들에게는 사생활 쪽으로 파고들지 않고 파고들게 하지도 않는 태도를 보이고 있었으니 그럴 만도 하다.

그런 와중에도 후시미가 속마음을 드러내고 이야기할 수 있게 된 사람이, 지금 조용히 점심밥을 먹고 있는 토리고에였다.

"여름방학 때까지는 계획표를 짰으면 하는데."

"그러게."

"히메지는 엄청 걱정하는 것 같았고."

아……. 나는 그때의 상황을 떠올리며 고개를 애매하게 끄덕였다.

'이렇게 해서 학교 축제까지 완성시킬 수 있나요?'

심각해 보였으니까.

그렇게까지 시끄럽게 따지지는 않았지만, 꽤 무게가 실린 진지한 걱정이기도 했다.

히메지, 히메지마 아이는 얼마 전에 전학 온 또 다른 소꿉친구다.

원래 이쪽에 살다가 도쿄 쪽으로 이사 갔었고, 다시 이쪽으로 돌아왔다. 후시미와는 타입이 다른 미소녀에 도쿄에서는 아이돌로 활동하기도 했다.

본인이 직접 그 사실을 밝힌 사람은 나밖에 없지만, 한 명을 제외한 외박 파티 멤버들은 다들 입에 담지만 않을 뿐 대충 짐작한 듯했다.

그런 연예 계열, 영상 계열에 대해 어느 정도 알고 있는 히메지이기에 우리 영화가 학교 축제 때까지 완성될지를 걱정한 것이다.

독립 영화 계획표를 짜려면 뭘 만들지부터 정해야 하기 때문에 토리고에가 신경 쓸 만도 했다.

"나라도 괜찮다면 같이 의논해보자."

"으음……."

젓가락을 물고 있던 토리고에가 휴대폰을 툭툭툭, 조작했다. 메모해둔 무언가를 보는 모양이었다.

"있기는 한데."

"어? 진짜? 어떤 건데?"

"그……."

문득, 토리고에가 BL 소설 애독자라는 사실이 머릿속을 스쳐 갔다.

"아니, 너, 설마 말하기 껄끄러운 주제로 영화를 찍자는 건 아니겠지?!"

"그, 그런 거 아니야."

토리고에가 당황하며 부정하고는 빠르게 말했다.

"말하려니까 내가 쓴 글을 다른 사람이 읽는 것처럼 쑥스러워서. 내 머릿속을 들여다보는 것 같아서 조금 껄끄러웠던 거야."

……의외네. 토리고에는 그런 거 별로 신경 쓰지 않을 것 같은데.

그거랑 이건 다른 문제라는 건가?

"그럼 다른 사람들에게는 내가 생각한 거라고 하자. 그러면 무슨 문제가 생기거나 비판을 받더라도 최악의 경우에는 내 탓으로 할 수 있잖아?"

"그러면 내가 너무 비겁하잖아."

"괜찮아, 신경 안 써도 돼. 중요한 역할을 혼자 도맡고 있는데. 영화의 평가에 대해 책임을 지는 것도 감독이 할 일 중 하나잖아."

나한테 말하기 껄끄러운 거라면 후시미나 히메지하고 의논해도 될 것 같지만, 이유를 생각하면 상대가 누구든 똑같겠지.

아무튼, 토리고에가 어떤 걸 만들고 싶어 하는 건지 알아야만 진도를 나갈 수 있을 것이다.

"고마워. 타카모리 군."

"응 그래……, 응?"

어떤 게 고맙다는 거지?

내 마음속을 들여다본 건지, 토리고에가 말을 이었다.

"마음이 편해졌어. 아직 메모 정도 수준이니까 방과 후까지 정리해볼게."

"너무 초조해할 필요는 없어."

"아니. 지금 하고 싶으니까."

토리고에는 스위치가 켜졌는지 도시락을 먹는 것도 잊고 휴대폰에 메모를 시작했다.

그 뒤 교실로 돌아온 뒤로도 분위기는 같았다. 그녀는 이동 교실 수업 시간에도 자기 자리에서 움직이지 않았고, 후시미가 말을 걸자 그제야 눈치채고는 교과서와 노트를 챙겨서 교실을 나섰다.

나와 히메지가 뒤를 따라 생물실로 향했다.

"히메지가 재촉해서 저렇게 됐잖아."

내가 조용히 말하자 듣고 있던 히메지가 불만스러운 듯이 눈살을 찌푸렸다.

"어째서 저 때문이죠?"

"급해질 필요는 없었는데."

옆에서 작은 한숨 소리가 들렸다.

"여름방학까지 2주 정도밖에 안 남았다고요. 반 친구들에게 역할 분담을 해주고 여름방학 안에 뭘 준비해달라고 할지 이야기해둘 필요가 있잖아요?"

······그렇긴 하네.

납득을 마친 나를 보며 히메지가 단정한 얼굴을 찡그렸다.

"감독님. 이런 건 당신이 맡아야 할 역할인데요."

"미안, 미안. 너무 그러지 말라고."

해본 적이 없으니까 좀 봐줘.

히메지는 뭐라고 해야 하나, 다른 사람에게 엄격하다. 아마 자기 자신에게도 엄격할 것이다.

"조언해줘서 고마워. 덕분에 살았어."

내가 그렇게 말하자 찡그린 표정이 약간 밝아졌다. 그걸 들키고 싶지 않았는지 홱, 고개를 돌렸다.

"고맙다는 인사를 받을 만한 행동은 전혀……, 한 적 없으니까요."

솔직하게 별말씀을, 이라는 말도 못하나? 이 소꿉친구.

"료 군, 아이, 빨리 안 오면 늦을 거야~!"

후시미가 돌아서서 손짓하며 불렀기에 우리는 빠른 걸음으로 생물실에 갔다.

방과 후까지는 정리하겠다고 토리고에는 말했지만, 아무래도 그렇게 되진 않은 모양이었다.

"다 되는 대로 연락할 테니까."

학급 일지를 쓰던 내게 그렇게 말한 다음, 토리고에는 방과 후가 되자 곧바로 집에 갔다.

"각본 얘기야?"

내 오탈자 검사기가 된 후시미가 옆자리에서 의아한 듯이 물었다.

"응. 점심시간부터 내용을 정리하겠다고 하던데."

"그리고 지금에 이르렀다는 거구나."

맞아. 나는 그렇게 말하며 고개를 끄덕였다.

"그것도 중요하긴 하지만, 기말고사가 있어, 료 군."

왠지 모르겠지만 후시미는 기쁜 듯했다.

한동안 후시미가 내 가정교사를 해준 덕분에 쪽지시험 성적은 모든 과목이 비교적 양호하다.

땅바닥을 기는 성적……, 아니, 올라갈 여지가 넘치는 성적을

내고 있던 참에 히나 선생님의 개인 수업이 시작되었기에 상승폭을 따지면 꽤 오른 편이라 할 수 있다.

"지금까지의 노력을 아낌없이 발휘할 수 있겠네……!"

"그러면 좋겠는데 말이지."

왜 네가 의욕 넘치는 거냐고.

"와카에게도 칭찬받았지?"

"뭐, 그렇지."

와카란 영어 선생님이자 우리 담임인 와카타베 선생님의 별명이다.

평소에는 잔소리를 하곤 했지만, 영어 쪽지시험 답안지를 받았을 때는 '브라보~'라며 박수를 쳐줬다.

"그 모습을 본 나도 왠지 기뻐졌거든."

후시미는 에헤헤, 하고 봄의 햇살처럼 따스한 미소를 보였다.

아무래도 이 소꿉친구는 가정교사로서의 보람을 깨달아버린 모양이다.

그런 거 깨닫지 말라고……, 나는 꽤 힘들단 말이야.

후시미는 가방에서 꺼낸 수첩을 팔랑팔랑 넘겼다.

7월에는 시험 기간, 시험 당일, 여름방학 시작 등, 이것저것 적혀 있었다.

그러고 보니 이제 곧 여름방학이구나.

작년 여름방학 때는 하루 종일 게임을 하거나……, 그리고……, 그리고……. 생각이 안 나네.

아무것도 기억나지 않을 정도로 한가하게 빈둥거리며 지냈던 모양이다.

일지를 정리하고 문단속을 한 다음, 교실을 나섰다.

"여름방학 때, 뭐 할 거야?"

후시미가 이쪽을 들여다보며 물었다.

"어? 뭐……, 학교 축제 때 내놓을 영화 촬영?"

"앗. 그것도 있지!"

좋은 이야기를 들었다는 듯이 후시미가 손을 짝, 마주쳤다. 그리고 진지한 표정을 지었다.

"온 힘을 다할게. 내 대표작으로 삼겠다는 마음가짐으로———."

"뜨거워, 뜨거워. 처음부터 너무 뜨겁잖아."

아직 뭘 만들지 정해지지도 않았는데, 갑자기 최고 속도를 내고 있다.

"그 정도의 열량이 필요한 거야, 영화는!"

아. 이거……, 골치 아픈 스위치가 켜진 것 같은데?

이건 이렇고 그건 그렇다는, 영화론과 연기론에 대한 후시미의 열변을 흘려들으며 교무실에 있던 와카에게 학급 일지를 제출했다. 이제 하교하면 된다.

"료 군하고, 그리고, 저기, 내, 대표작으로 삼을 거야!"

……최종적으로는 그런 결론이 나왔다.

후시미가 신이 나서 큰 소리로 외쳤기에 오가던 사람들이 기이한 눈빛으로 보았다.

아직 아무것도 시작하지 않았는데 후시미는 엔진을 풀가동하고 있다. 김이 피어오르지 않을까 싶을 정도로 뜨겁다. 기획 입안자라 그런지 의욕이 남다르다.

"그러게."

설렁설렁 대답해도 아랑곳하지 않는 후시미는 집에 가는 동안 계속 독립 영화에 대해 이야기를 늘어놓았다.

시간이 가는 줄도 모른다는 게 바로 이런 걸까. 정말 집 현관문을 닫기 직전까지 이야기가 계속됐다.

후시미가 이렇게 무언가에 대해 이야기를 늘어놓는 경우는 거의 없었다.

숨기고 있던 마음인 거겠지.

돌아보니 내게는 뭐가 있을까, 하는 생각이 든다.

"……아무것도 없네, 정말로."

후시미네 집에서 우리 집으로 가는 짧은 길 위에서, 조용히 중얼거렸다.

뜨거워질 수 있는 것.

좋아서 어쩔 줄 모르는 것.

누군가가 이야기를 들어줬으면 하는 것.

나도 뭔가…….

"좋아하게 되고 싶네."

"어엇?!"

목소리가 들려서 뒤를 돌아보니 자전거를 밀고 오는 여동생, 마나가 있었다.

"오, 오빠야에게, 사, 사랑의 예감?!"

"아니, 그런 거 아니야. ……몰래 뒤는 왜 밟은 거야."

"집에 오는 길이 같으니까 그렇지."

그렇겠구나.

마나는 오늘도 중학교 교복 치마를 필사적으로 짧게 줄여 입었다. 가방은 손잡이에 팔을 걸쳐 짊어진 상태다.

자전거 바구니에는 에코백이 있고, 그 안에는 슈퍼에서 사 온 것 같은 식재료가 이것저것 들어있었다.

"말을 걸었는데도 나를 무시한 오빠야가 잘못한 거야."

"바깥에서 오빠야라고 부르지 말라고 몇 번을 말해야 돼."

"괜찮잖아~. 더 귀여우니까."

귀엽지는 않잖아.

"그래서. 그래서. 그래서? 무슨 이야기인데?"

마나가 눈을 반짝이며 얼굴을 들이댔다.

"혼잣말이니까 신경 쓰지 마."

"에에에에~? 재미없네~."

마나는 입술을 삐죽대며 야유했다.

"……마나는 뭔가 있어? 좋아하는 거."

"나? 있지~."

"어? 뭔데?"

"요리."

갸루 주제에 파괴력이 강한 말을 하다니, 이 녀석.

응, 뭐, 마나가 해주는 밥은 맛있지.

"왜일 것 같아?"

"즐거우니까……?"

"땅~."

거의 날마다라고 해도 될 정도로 우리 집에서는 마나가 요리를 맡고 있다.

문득 생각이 나서 멋대로 냉장고에 있는 식재료를 쓰려고 하면 엄청나게 혼난다.

"그럼 왜 좋아하는데?"

"오빠야가 항상 맛있게 먹어주니까."

이히히 웃은 마나는 자전거를 타고 도망치듯이 달려갔다.

오늘 저녁밥도 기대해도 좋을 것 같다.

②　막차

　　기다렸는데도 토리고에에게선 좀처럼 연락이 오지 않았고, 다되는 대로 연락하겠다고 했으니 지금은 아직 난항을 겪고 있겠구나라고 생각하던 참에————.

　　"안녕."

　　그녀가 우리 집에 왔다.

　　문을 연 나는 깜짝 놀라서 복도에 있던 시계와 토리고에를 번갈아 가며 보았다.

　　"안녕……. 아니, 벌써 밤 10시가 넘었는데."

　　"응. 집안일을 하다 보니까 작업에 시간 투자를 못 해서. 이런 시간이 됐네."

　　"내일 말해도 되는데."

　　"그렇긴 한데. 왠지 들어줬으면 해서."

　　보아하니 아무래도 기획이 정리된 모양이었다.

　　우선 방으로 안내하고 차를 내준 다음, 이야기를 듣기로 했다.

　　참고로 마나는 목욕 중이다.

　　그러지 않았다면 아마 마나가 현관에서 나 대신 깜짝 놀랐을 것이다.

　　"아직 확실하게 정리가 된 게 아니라 단편적일지도 몰라."

　　토리고에는 그렇게 말한 다음 영화의 내용에 대해 가르쳐 주었다.

우리가 할 수 있는 범위, 그러면서도 한정된 예산 안―――. 그런 조건은 만족시키고 있었다.

"어, 어떨까."

내가 던지는 질문에 대답하면서 그녀가 이것저것 설명한 지 약 15분 뒤―――. 어느새 잔에 담겨 있던 차는 텅 비어 버렸다.

"괜찮네. 재미있을 것 같아."

"그, 그래? 다행이네."

설명을 막 시작했을 때는 설정에 대해 말하는 게 쑥스러웠는지 목소리가 작았지만, 서서히 볼륨이 커지기 시작했다.

"주인공이 후시미라는 것도 딱 맞고. 상대 역할은 히메지면 괜찮을까?"

"응. 히메지 정도밖에 없을 것 같아."

그렇구나…….

토리고에가 생각해준 것은 간단히 말하자면 여고생의 청춘, 연애, 클럽활동을 한데 묶은 이야기였다.

기승전결이 느슨하긴 하지만, 단편 영화라는 걸 고려하면 허용되는 범위라고 본다.

"히이나와 라이벌인 히메지. 친한 친구 사이인 두 사람은……."

"같은 남자를 좋아하게 된다……."

토리고에가 이쪽을 힐끔 보았다.

"그 남자는 안 나오는 거지?"

"응. 일부러."

그 녀석을 좋아한다, 라는 건 그저 설정. 등장은 하지 않는다. 그리고 두 사람이 불꽃을 튀긴다는데.

"걱정되는 건 히이나가 연기를 잘하니까 히메지의 딱딱한 연기가 너무 눈에 띄는 게 아닐까 하는 점이야."

"……."

나는 장면을 상상하고 나서 입을 열었다.

"뭐, 어느 정도는 어쩔 수 없겠지만, 의외로 버틸 만할 거야."

"버틴다고?"

"응. 혼자서도 그림이 되니까. 커버할 수 있지 않을까?"

본인에게는 대놓고 말할 수 없지만, 역시 아이돌 출신이라고 해야 하나.

후시미 말고는 제대로 연기를 해본 경험이 있는 녀석이 없으니 배부른 소리는 할 수 없다. 그리고 역할을 따져도 항상 경쟁하려 하는 히메지가 적합할 것이다.

하지만 히메지는 아이돌 출신이었다는 사실을 숨기고 있는데. 영화에 출연하게 되면 소문이 꽤 퍼지지 않을까.

토리고에가 감상에 대해 말해달라고 했기에 나는 생각나는 것들을 이야기했다.

"아, 그렇구나."

라거나.

"그거라면 이렇게 해서———."

라거나.

뭔가 휴대폰에 메모하는 것을 반복하며 유익한 시간을 보내기 시작했다.

철컥, 작은 소리가 나며 문이 몇 센티미터 정도 열렸다.

"······."

마나가 이쪽을 보고 있었다. 누구와 함께 있는지 확인하고는 시선을 다시 돌린다.

"으응?! 아니, 시즈잖아!"

숨어 있던 건 이제 상관없게 되었는지, 그녀는 문을 콰앙~ 힘차게 열고는 안으로 들어왔다.

목욕을 하고 나온 마나는 아직 머리카락이 다 마르지 않은 상태에 목에 수건을 걸치고 있었다.

"늦은 시간에 미안해. 실례하고 있어."

"아니, 괜찮아, 괜찮아."

이쪽으로 마나의 시선이 날아들었다. 설명하라는 눈초리다.

"영화 각본이 정리되었다고 와줬어."

"일부러? 이런 시간에?"

"그래. 이런······, 시간, 에······."

시계를 보니 이미 밤 11시가 훨씬 넘은 시간이었다.

"토, 토리고에!"

"어? 왜 그래?"

"막차가 언제지? 여기 지하철로 온 거 아냐?"

"막차······, 아."

완전히 잊고 있었던 모양이다.

휴대폰으로 검색해 보니 막차 시간은 금방 나온 듯했다.

"막차까지 8분."

나는 일어섰다.

"자전거를 타고 가면 아슬아슬하게 늦지 않을 거야!"

"어~? 자고 가면 되잖아~."

"내일 학교 가야지."

마나를 나무라자 토리고에도 고개를 끄덕였다.

"응. 교복도 없고……, 가야 돼."

토리고에가 집에 갈 준비를 하는 동안에 구경만 하고 있던 마나가 느긋한 목소리로 말했다.

"시즈가 혼자 자고 갔다는 사실을 히나가 알면 기절할 거야, 기절."

"그럴 리가 없잖아."

말은 그렇게 했지만…….

'흐응. 그랬구나~. 즐거웠겠네. 즐거웠어? 즐거웠지?'

그렇게 미소를 지으며 새까만 무언가를 뿜어내는 후시미의 얼굴이 떠올랐다.

"그건 곤란할 거 같아. 앞으로, 여러모로."

아직 뭔가 말하고 싶은 것 같은 마나를 내버려 두고 토리고에와 집을 나선 다음, 자전거 핸들을 잡고 받침대를 차올렸다.

"뒤에 탈 수 있어?"

"두, 둘이서 타게?"

"맞아."

"모, 못 타."

"······아니."

"그래도, 그런 말을 하고 있을 상황이 아니니까, 노력해볼게."

"응, 부탁해."

내가 자전거에 올라타자 허리 근처에 살며시 손이 얹혔다.

"여, 여기 잡으면 돼?"

"꽉 붙잡을 수 있는 곳이면 어디든 상관없어. 가자."

토리고에가 탄 것을 확인한 다음, 나는 온 힘을 다해 페달을 밟았다.

쿡쿡, 뒤에서 웃음소리가 들렸다.

"후후후. 끄오오오거리고 있네. 만화 같아."

"머, 멍청아. 웃기지 말라고. 힘이 빠지잖아."

"진짜로 소리가 나는데 어떡해."

어지간히 우스웠는지, 토리고에는 아직 쿡쿡대며 웃고 있었다.

"아―――! 잠깐, 잠깐만!"

"왜?"

"샌들이 벗겨졌어."

"으어어어, 진짜로?!"

급정지하자 흐규욱, 하는 이상한 소리가 들리며 등에 무언가가 닿았다. 아마 토리고에의 얼굴일 것이다.

"가지고 올게."

토리고에는 한쪽 발로 폴짝폴짝 뛰어서 샌들이 떨어진 곳으로 돌아갔다. 그녀가 신발을 신고 다시 자전거를 타자 나는 다시 페달을 밟기 시작했다.

왠지 예감 같은 게 들었다.

허억허억, 숨을 거칠게 몰아쉬면서 역 안으로 들어가는 토리고에를 배웅한 다음, 느긋하게 돌아갈까라고 생각하며 핸들을 돌렸을 때, 그녀가 돌아왔다.

엄청나게 미안한 듯한 표정을 짓고 있었다.

"미, 미안……, 늦어버렸네."

"왠지 그럴 것 같긴 했어."

"내가 샌들을 떨어뜨리지만 않았어도."

"아니, 그건 상관없었을 것 같은데."

"택시 타고 갈 돈도 없고……, 첫차 시간까지 여기 있을게."

"잠깐만, 잠깐만. 마나도 자고 가라고 했으니까 첫차를 타고 가면──."

내가 그렇게 제안했지만, 토리고에는 고개를 저었다.

"폐만 끼쳤는데, 더 이상은 좀 그래."

목을 움츠리고 있어서 그런지 몸이 점점 줄어드는 것 같았다.

"나 대체 뭐 하는 걸까. 내일 말해도 전혀 상관없는데. 들떠서. 늦은 시간에 쳐들어가고, 바래다주는 도중에 샌들이나 떨어뜨리고, 그것 때문에 막차를 놓치고, 폐만 끼치고……."

네거티브 모드에 들어가 버렸다.

"폐라고 생각하진 않아."

그렇게 말해봐도 그녀는 축 처져있기만 했다.

"토리고에네 집이 어디였지?"

"어? 우리 집?"

토리고에는 대략적인 주소와 가장 가까운 역을 가르쳐 주었다.

"자전거로 가면 편도 한 시간 정도인가?"

다행히 휴대폰도 가지고 왔으니 지도 어플을 보고 가면 길을 잃지는 않을 것이다.

"막차 같은 걸 전혀 신경 쓰지 않았던 나도 잘못했지. 이거라도 괜찮다면 바래다줄게."

나는 자전거 핸들을 툭툭 두드리며 그렇게 말했다.

"그래도 돼? 나, 나는, 히이나랑 달리 속이 꽉 차서 무거울 텐데……? 이제 와서 말하긴 좀 그렇지만, 오랫동안 태우고 가면 힘들지 않을까…….."

"속이 꽉 찼다는 게 무슨 소리야."

그 표현에 살짝 웃어버렸다.

"너야말로 괜찮겠어? 짐받이에 오랫동안 앉아 있으면 엉덩이가 아플지도 모르겠는데."

토리고에는 아무런 말도 하지 않고 다시 자전거 짐받이에 앉았다.

페달을 다시 밟기 시작하고 나서 잠시 후, 돌아올 어머니를 기다렸다가 바래다달라고 할 걸이라는 생각이 들었다.

뒤에 있던 토리고에에게 그렇게 말하니 "폐가 되니까, 나는 그런 부탁은 못 할 것 같은데"라는 답이 돌아왔다.

겸손하다고 해야 하나, 다른 사람에게 잘 기대지 못한다고 해야 하나. 아무튼, 막차를 놓쳤다는 사실을 반성하고 있는 것 같았다.

토리고에도 가족에게 데리러 와달라고 할 수는 없다고 한다. 이야기를 들어보니 집에서 몰래 빠져나온 모양이었다.

"그래서 부를 수가 없어. 미안해."

"그런 거라면 어쩔 수 없지."

토리고에가 뒤에서 지도 어플을 보며 길을 안내해주었다.

나는 그녀의 말에 따라 자전거를 몰았다.

가로등과 헤드라이트가 비추는 국도를 지나, 낯익은 학교 근처를 지나, 토리고에를 태운 채 나아간다.

그러는 동안에 나눈 이야기의 주제는 주로 영화였다.

"고민 중이라는 건 알겠는데, 결말은 어떻게 할 거야?"

두 히로인이 한 남자를 좋아한다는 구성이었다.

"어느 쪽이 이길지는 굳이 정하지 않아도 될 것 같기도 해. 너무 한쪽만 튈 것 같다는 생각도 들고……."

만약에 소년 만화였다면, 주인공이 라이벌을 이기고 끝났겠지.

"양쪽 다 열려 있게끔 해둘게."

"그게 무난할지도 모르겠네."

"타카모리 군, 무겁지 않아? 괜찮아?"

"괜찮다니까."

이번이 몇 번째일지 모를 정도로 계속 물어보고 있다.

"신경 쓰일 만한 몸매도 아닐 텐데."

"그래도, 신경 쓰이거든."

작은 목소리로 중얼거리는 게 들렸다.

"아, 거기서 왼쪽." "다음 신호까지 직진."

담담하게, 그야말로 내비게이션 음성처럼 토리고에는 지시를 내려주었다.

그러고 난 뒤에는 둘 다 말이 없어졌다.

원래 우리는 이야기를 많이 하는 편이 아니다. 침묵하는 시간이 오히려 더 길 정도다.

"솔직히 말해서."

토리고에가 그렇게 말을 꺼낸 다음, 고민하는 듯 뜸을 들였다.

"⋯⋯히이나를 어떻게 생각해?"

어떻게 생각하냐니⋯⋯.

내 마음을 오해 없이 어떻게 전달할지 생각하고 있자니 그 침묵이 마음에 들지 않았던 모양인지 대화가 끊겼다.

"미안. 됐어. 못 들은 걸로 해줘."

"그, 그래⋯⋯. 알겠어."

"듣고 싶긴 하지만, 듣고 싶지 않다고 해야 하나⋯⋯."

자기가 물어보고도 당황한 걸까.

늦은 밤이라고는 해도 7월 초. 슬슬 장마가 끝나가려는 시기. 자전거 페달을 계속 밟다 보니 신경 쓰이는 게 있었다.

"토리고에, 너무 딱 달라붙지 않는 게 좋을 거야."

"어째서."

"땀 나니까."

"응. 괜찮아."

"내가 괜찮지 않다고."

"좋은 냄새라고 할 순 없지만, 싫진 않아."

그 묘한 평가는 대체 뭔데.

달라붙지 말라고 했는데, 짐받이를 잡고 있던 손이 내 허리에 파고들었다. 등에 닿은 건 아마 볼일 것이다. 티셔츠 너머로 토리고에의 체온이 느껴졌다.

"따뜻하네."

"너도 마찬가지잖아."

휴우, 무심코인 듯 한숨이 새어 나왔다.

"좋아하는 것 같아, 나."

두근, 몸이 굳은 채 말이 이어지기를 기다렸다.

"이런 시간."

아, 그런 거구나.

깜짝 놀랐네…….

"또 고백받은 줄 알았어?"

"……아, 아니야."

"그렇구나."

쿡쿡, 조용히 웃는 목소리가 들렸다.

토리고에를 집까지 바래다주고 돌아와 보니 새벽 2시. 미처 눈치채지 못했는데 마나가 메시지를 연달아 보냈고, '시즈 막차 탔어?!'부터 시작해서 '저기~!', '무시하는 거야?!' '말도 안 되거든~~~!!'이라는 내용이었다.

내일 무슨 소리를 듣게 될지.

샤워를 하고 침대에 누워 휴대폰으로 이것저것 검색하다 보니 어느새 잠들었는지, 눈을 뜨자 10시였다.

"……어?"

10시? 오전?

오늘이 휴일이었던가?

휴대폰 알람이 울린 흔적이 있었다. 하지만 전혀 듣지 못했다.

후시미가 쓴 것 같은 글씨로 '료 군은 잠자는 공주야! 먼저 갈게!'라는 메모가 있었다.

"남자가 무슨 공주야."

그렇게 쓸데없는 태클을 걸었다.

보아하니 후시미가 깨우러 와준 것 같은데, 내가 일어나지 않은 모양이다.

"학교……."

잠이 덜 깬 머리를 굴렸다. 담임 선생님인 와카의 영어 과목은 오늘 수업이 없을 텐데———.

그렇다면 땡땡이를 칠 수 있겠군.

교복으로 갈아입으려다가 그만두고 침대로 돌아왔다.

끄지 않았던 브라우저를 다시 띄우고 어젯밤에 하던 걸 마저 검색했다.

"……."

영화 촬영. 필요한 도구와 기재. 독립 영화를 찍은 사람의 기록. 그 사람의 경력을 알아보면서 대충 상상해 보았다.

"이건, 컴퓨터가 필요하겠는데……."

동영상 편집은 지금까지 휴대폰으로 하고 있었는데, 아무래도 그걸로는 힘들 것 같다.

그러면 용돈으로는 부족할 것 같은데…….

끙끙대고 있자니 누군가가 벨을 눌렀다.

택배 같은 거겠지.

잠옷 차림으로 계단을 내려가 문을 열자 그곳에는 교복 차림인 히메지가 있었다.

"으아. 히메지……. 뭐 하는 거야."

"료! 누워있지 않아도 괜찮은가요?!"

엄청나게 당황한 모습이었다.

"아, 응. 좀 전까지 누워있었으니까."

"아, 그랬군요. 죄송합니다, 깨워버려서. 실례할게요."

나를 밀쳐내고 안으로 들어오는 히메지.

"히메지, 학교는?"

"잠깐 빠져나왔어요."

"잠깐이라니……."

"시즈카 양이 '몸이 안 좋은 거 아닐까……'라고 슬픈 듯이 말했으니 간병해드릴게요."

토리고에……? 아, 내가 어제 토리고에네 집까지 바래다줘서 몸이 안 좋아진 거라 생각하는 건가?

"이봐, 간병해드리지 않아도 되니까 학교로 돌아가, 히메지. 나는 괜찮으니까."

장을 봐온 것 같은 히메지가 투욱, 식재료가 든 슈퍼 비닐봉지를 부엌에 내려놓았다.

히메지는 집게손가락을 흔들며 의기양양한 표정을 지었다.

"어렸을 때부터 함께 지냈잖아요. 당신의 그런 '사실은 불안하고 간병해줬으면 좋겠어'라는 진심은 이미 눈치챘어요."

"누구 진심이야, 그게."

손을 씻고 휴대폰을 조작하는 히메지.

"히메지, 요리할 수 있어?"

"네. 동영상을 보면서 해야 하지만요."

"아니, 그건 할 수 있는 게 아니지 않나."

"정말~. 료는 위에 가서 누워있어요. 다 되면 가지고 갈 테니까요."

다 되면이라니……, 다 되긴 하는 거야? 제대로.

"난 딱히 간병을 받을 정도로 몸이 안 좋은 게——."

"네, 네. 료는 의외로 자상하니까 걱정을 끼치지 않으려는 거겠죠."

"그게 아니라……."

이 녀석, 이야기를 전혀 안 듣네.

히메지는 내가 걱정하는 것도 아랑곳하지 않고 앞치마까지 두르며 의욕을 보이고 있었다.

말해봤자 듣지 않을 것 같았기에 나는 얌전히 방에서 기다리기로 했다.

평상복으로 갈아입고 휴대폰을 조작했다.

'고등학생, 아르바이트, 여름방학'이라는 키워드로 구인 사이트를 검색해 보았다.

이것저것 있긴 하지만, 과연 내가 할 수 있을까? 그런 생각 때문에 불안해졌다.

컴퓨터는 다른 사람에게 물어봐서 빌려달라고 할까······?

"아니······."

나는 고개를 저었다.

다른 사람에게 기대지 말고 우선 나 혼자서 어떻게든 해보자.

다행히 영화 촬영은 아직 시작하지 않았다. 시간도 아직 있다. 처음부터 다른 사람에게 기대려 하진 말자.

"······그건 그렇고 늦네."

벌써 30분이 지났는데.

히메지가 요리를 잘할 것 같지는 않다. 초등학교에서 조리실습을 할 때 같은 조가 된 적이 있었는데, 교과서나 선생님이 가르쳐준 걸 무시하고 독자적인 노선을 밀어붙이려 했었다.

으음······, 불안하기만 한데······.

"이봐~, 히메지?"

부엌을 들여다보니 콧노래를 흥얼거리며 냄비를 젓고 있었다.

"이제 곧 다 돼요."

그녀는 미소를 지으며 돌아보았지만, 부엌은 고양이가 마구 날 뛰기라도 한 것처럼 어지럽혀진 상태였다.

전혀 괜찮지 않을 것 같다······.

마나가 보면 분노할 것 같은 광경을 본 나는 현기증이 났다.

"나는 정리할 테니까 요리를 부탁할게."

"네에~."

신이 난 히메지 옆에서 나는 이리저리 흩어져 있는 조리기구를 씻고, 다 꺼내놓은 조미료들을 원래 있던 곳으로 돌려놓았다.

히메지가 젓고 있던 냄비를 조심조심 들여다보니 부글부글, 거품이 끓고 있었다.

"거품……?"

무지개색의 반투명한 거품.

기분 나쁜 예감만 든다.

"히메지마 양, 동영상대로 하신 거 맞죠?"

"네, 물론이죠."

히메지는 정말 멋진 미소로 대답했다.

"도, 동영상에도, 이런 느낌으로, 무지개색……, 저기, 마치 세제를 넣은 것처럼, 투명한 거품이 나오던가요?"

"동영상은 그렇지 않았지만, 분명 오차 범위 이내일 거예요."

오, 오차…….

"씨, 씻었어? 식재료. 확실하게."

"료는 걱정이 참 많네요. 당연하죠. 동영상에서는 씻지 않았지만, 저도 그 정도는 알고 있어요. 무슨 일이 생기면 큰일 나겠다 싶어서───."

히메지는 싱크대에 있던 설거지용 세제를 살며시 들어 올렸다.

"세제로 확실하게 씻었어요."

나는 비틀거리다가 발을 동동 굴렀다.

평소와 달리 완전히 신이 난 히메지에게 말을 꺼낼 수가 없다…….

못 먹겠다는 말을 할 수가 없다.

완성된 모양인지, 히메지가 알 수 없는 세제 수프를 담고 있다.

그녀는 만족스러운 듯 응, 하고 고개를 끄덕였다.

"우후후, 동영상하고 똑같네요."

아마 아니지 않을까.

몸 상태가 나쁘지 않다고 했는데, 이제부터 나빠질 것 같으니 아까 했던 말을 취소하고 싶다.

"히메지. 동영상은 신이 아니거든? 자기 눈으로 보고 느낀 다음에 판단하는 것도 중요하니까……."

"모르시나요? 료. 인터넷 세계에는 신이 잔뜩 있어요."

"뭐, 그렇긴 한데."

척 보기에도 1인분. 히메지는 그것을 테이블에 올려놓고 맞은편에 앉아 방긋방긋 웃으며 재촉했다.

"드세요. 드세요."

"히메지 몫은?"

"저는 도시락이 있으니까요."

아, 그런가요…….

나중에 먹고 죽을 정도로 물을 마셔야지.

스푼으로 뜬 수프를 눈을 감고 입에 넣었다.

"어떤가요? 맛있죠?"

어째서 그렇게 자신만만한 건데.

"……콘소메 수프? 그런데 코를 찌르는 듯한 감귤 계열의, 세제처럼 시원한 향기가……."

히메지가 깜짝 놀라 고개를 갸웃거렸다.

"이상하네요, 감귤 계열 재료는 안 넣었는데."

넣어버렸다고. 세제를.

세제가 들어간 건 아주 약간인 모양인지, 맛은 그럭저럭 괜찮았다.

나는 한 입 먹을 때마다 물을 석 잔씩 마셨다.

만에 하나를 대비해서 나중에 소화제도 먹어야겠다.

"……그래서, 그 건 말인데요."

히메지가 이때만을 기다렸다는 듯한 느낌으로 말을 꺼냈다.

"그 건?"

"노트에 적은 약속 말이에요. 제가 전학 가기 전에는…………, 저기……, 우리…………, 서로 좋아하는 사이였잖아요……."

목소리가 점점 작아졌다.

부끄러워하며 말하니 나까지 그렇게 되기 시작했다.

"예, 예전에 말이지! 예전에!"

"네, 물론이죠."

히메지는 볼을 붉히며 아래쪽을 보았다.

평소랑 분위기가 달라서 껄끄럽네…….

초등학교 3학년 때 쓰던 낙서장에는 나와 히메지의 사랑 우산이 그려져 있었고, 히메지와 했던 약속이 적혀 있었다.

하지만 그건 후시미가 말했던 약속과 같은 약속이었다.

"제가 전학 간 뒤에 히나가 좋은 기회라고 생각하고 제 약속에 편승하려 했던 게 아닐까 싶어요."

"아, 그거. 그냥 내가 잊어버린 걸지도———."

"아니면 자기가 약속했다고 우기고 있는 건지도 모르고요."

내가 히나와 약속했다는 사실을 잊어버렸을 가능성은 크다.

"아마 내가 잊어버린 거야. 그 왜, 나는 초등학교 때 있었던 일을 거의 기억 못 하니까."

"히나는……, 재주가 좋다고 해야 하나, 치사하다고 해야 하나……, 그런 구석이 있으니 자기하고 약속한 것처럼 보이게 만들었다는 '덮어씌우기설'을 부정할 수 없어요."

히메지는 심각하다는 듯이 눈살을 찌푸리고 있었다.

초등학교 5학년 때 쓰던 연습장에는 여자애 같은 글씨로 '고등학생이 되면 히나와 첫 뽀뽀를 한다'라고 적혀 있었다.

히메지가 우려하는 행동을 후시미가 정말 했고, 그 글씨도 후시미가 쓴 거라면…….

"잊어버렸다는 걸 이용해서 료를 조종하려 들 가능성도."

"나를 조종해서 어쩌게. 권력자도 아니고, 부자도 아니고, 아무런 직책도 없는데."

"료에게는 사소한 일일지도 모르겠지만……, 제게는……, 저하고 시즈카 양에게는 큰 문제예요."

진위를 확인할 수 있는 것도 아니고, 자백하지 않는 이상 뒷받침할 증거 같은 것도 나오지 않을 거다.

"그건 그거, 이건 이거라고 하면 안 되나?"

"히나에게 약하네요, 료는."

나를 힐끔 보는 그녀의 시선은 왠지 쓸쓸한 느낌이었다.

"인기 많은 사람하고 사이좋게 지내니 기분이 좋나요?"

"그런 식으로 생각한 적은 없는데."

"……죄송해요. 기분 나쁜 말을 해버렸네요."

나는 신경 쓰지 않는다며 고개를 저었다.

아마 반쯤 질투하며 그렇게 생각하는 녀석도 있을 것이다.

하지만 애초에 나와 후시미는 치한에게서 구해준 것이 계기가 되어 지금 같은 관계로 돌아왔다.

그건 우발적인 사건이었고, 일부러 일으킬 만한 게 아니었다. 그때 나는 피해자가 후시미였다는 걸 눈치채지도 못했고.

"저도 인기는 많았거든요?"

"열심히 했잖아, 아이돌 활동."

"네. 그런데 당신은 어느새 히나하고……."

아래서부터 나를 째려보는 히메지.

"……료는 저를 좋아했는데───."

그건 언제까지 말할 거냐고 웃으면서 태클을 걸려고 하자 히메지가 입을 막으며 눈을 내리깔았다.

"저, 저, 학교로 돌아갈게요."

"어, 응, 그래……?"

자리에서 벌떡 일어난 히메지는 가방을 챙겨서 재빠르게 현관 밖으로 나갔다.

나는 닫히던 문을 열었다.

"히메지. 걱정해줘서 고마워."

그녀는 이쪽을 보나 싶더니 혀를 살짝 내밀었다. 그리고 고개를 홱 돌리고는 귀가 빨개진 채 떠나갔다.

◆토리고에 시즈카◆

"아이, 어디 간 걸까?"

자습 중에 히이나가 샤프 반대쪽 끝으로 볼을 꾹꾹 눌러대며 주위를 둘러보았다.

히이나 옆자리인 사람이 오늘 아직 학교에 오지 않았고, 선생님도 없었기에 나는 히이나 옆자리에 와 있었다.

"땡땡이인가?"

의외로 느슨한 구석이 있는 것 같으니까.

내가 그렇게 말하자 히이나가 어두운 표정을 지었다.

"시험 대책용 프린트니까 해두는 게 분명 좋을 텐데."

"다들 히이나처럼 시험에 대해 집착이 강한 게 아니잖아."

쓴웃음을 지으며 그렇게 말하자 히이나는 이해가 안 된다는 듯이 눈살을 찌푸렸다.

"시이는 시험 괜찮을 것 같아?"

"응, 평소처럼."

그렇구나, 잘됐네에. 히이나는 그렇게 말하며 웃었다.

마치 가벼운 잽 같은 말투였다. 아마 진짜 하고 싶은 얘기는 이게 아니겠지.

―――첫 수업이 끝난 뒤 쉬는 시간. 우리가 아직 학교에 오지 않은 타카모리 군을 걱정하고 있었을 때였다.

"료, 안 오네요."

"료 군, 아침에 깨우러 갔는데 깰 낌새가 안 보이길래 고민하다가 그냥 와버렸어."

히이나가 매일 아침 타카모리 군의 집에 간다는 사실을 나는 그때 처음 알았다.

"마나하고 같이 깨우려 했는데, 일어나질 않더라고."

"그런가요? 정말, 죽은 듯이 자나 보네요, 료는."

나는 두 사람의 이야기를 한 귀로 듣고 한 귀로 흘리고 있었다.

내가 외출복을 입고, 머리카락도 제대로 세팅해서 가는 곳에 히이나는 매일 아침 가고 있다.

내게 있어서 비일상은 히나에게 있어서 당연한 일상.

집이 가까우니 근처 편의점에 가는 것과 별다른 차이는 없겠지만……, 소꿉친구는 어쩜 그렇게 치사한 걸까.

"메시지도 안 보네요."

"나도 마찬가지야. 으으으으~. 료 군, 설마 땡땡이칠 생각은 아니겠지?"

끙끙대던 히나가 눈을 반쯤 뜨고 휴대폰 화면을 노려보았다.

다행이다. 메시지를 확인하지 않는 게———, 무시당하고 있는 게 나뿐만이 아니었구나.

혹시나, 하는 생각에 나는 마음속에 있던 말을 꺼냈다.

"타카모리 군, 몸이 안 좋은 것 같아."

안 좋은 거 아니야? 가 아니라, '안 좋은 것 같아'.

나도 모르게 새어 나온 말이 왠지 견제하는 것 같은 느낌이라 내가 생각해도 싫증이 났다.

하지만 정말로 그렇다면 어제 있었던 일 때문일 것이다.

막차를 놓쳐버린 나를 자전거로 멀리 떨어진 우리 집까지 바래다주었으니까.

기쁘긴 했지만, 만약 그것 때문에 몸 상태가 안 좋아졌다면 미안하기만 하다.

"어제는 기운이 넘치던데, 몸 상태가 안 좋은 것 같다고요?"

히메지가 의아하다는 듯이 고개를 갸웃거렸다.

"저기, 응. 열이라도 난 건가 싶어서."

"'땡땡이는 기운이 넘칠 때 쳐야 제맛이지'라던 료 군이……?"

"그럴 가능성이 있다는 거니까. 어디까지나."

"그럴 수도 있겠네요."

그렇게 말하고 화장실에 가는 듯한 분위기로 교실을 나간 히메지는, 다음 수업 자습이 시작되었는데도 돌아오지 않았다.

"아이, 보건실에 간 건가?"

"히메지도 몸이 안 좋아진 거야?"

"아이는 솔로 스킬이 너무 강해서 '보고, 연락, 상담'을 전혀 해주지 않으니까."

히이나 쪽이 아닌 옆자리를 힐끔 보았다.

히메지는 예측이 잘 안 되는 구석이 있었다.

여자 반 친구 두 명이 화장실에 같이 가자고 하면 '다녀오세요'라고 대답하기도 한다.

내가 그 모습을 목격했을 때는 분위기가 참 미묘했지. 제안했던 두 사람도 미묘한 듯한 표정으로 서로 눈짓을 주고받고는 그곳을 떠났었다.

약간 컬처 쇼크를 느꼈다.

내게는 아마 그럴 용기가 없을 것이다. 가고 싶지 않더라도 흔쾌히 수락하고 일어나서 화장실에 갔을 것 같다. 그리고 거울을 보면서 쓸데없는 이야기를 나누며 떠들어대는 것이다. 수업 이야기, 선생님 이야기, 요즘 푹 빠진 동영상 이야기, 마음에 들지 않는 사람 이야기———.

히이나가 자습 프린트를 해나가며 말했다.

"아이는 고독한 늑대니까. 대단해."

화장실에 같이 가면 우리는 사이가 좋다라는 딱지를 서로 붙여줄 수 있다.

딱히 대단한 건 아니지만, 그러지 않으면 약간 불안해서 관계가 흔들리게 되어 버린다.

그건 연인들끼리 키스를 하는 것과 똑같은 것 아닐까 하고 생각했다. 남자친구가 있었던 적이 없어서 잘 모르겠지만.

"시이, 다 했어?"

"거의 다 끝나가."

"다 하면 화장실 가자."

"그래."

마지막 문제를 다 풀고, 프린트를 엎어둔 다음 손수건을 챙겼다. 어려웠지, 같은 이야기를 하며 자리에서 일어나 조용한 복도를 걸어갔다.

"료 군, 대체 무슨 일일까."

"그냥 땡땡이치는 거라면 좋겠는데."

"아니, 좋은 건 아니잖아."

히이나는 곤란하다는 듯이 웃었다.

"왜 료 군 몸이 안 좋은 거라 생각했어?"

내가 그런 식으로 말한 게 계속 마음에 걸렸던 모양이다. 운동화 안에 들어가 버린 자갈처럼.

"어젯밤에 타카모리 군네 집에 가서 영화에 대해 의논을 좀 하다 보니 막차를 놓쳐버렸어."

"······그랬구나."

히나의 미소에 딱딱한 것이 섞였다는 걸 알 수 있었다.

"그래서 타카모리 군이 일부러 집까지 자전거로 바래다줬거든."

"어? 료 군네 집에서 시이네 집까지? 꽤 멀지 않아?"

"응. 엄청 도움이 되긴 했지만, 타카모리 군이 집에 돌아갔을 땐 꽤 늦은 시간이었을 테니까, 그래서······."

"그렇구나. 그래도 그런 거라면 그냥 엄청 잤을 뿐일 거야."

"그럼 좋겠는데."

얼버무릴 걸 그랬다.

침대에서 일어나지 못하고 메시지를 읽지 않으니 몸 상태가 안 좋은 건지도 모르겠다는 예상은 금방 할 수 있다.

일부러 사실을 전달할 필요 같은 건 없었다.

무심코 생긴 내 질투가 히이나를 할퀴어버렸다.

"······미안."

"왜 시이가 사과하는데. 사과 안 해도 돼. 잠꾸러기인 료 군이 잘못한 거니까."

히이나는 밝은 미소를 보였다.

그게 아니야. 그걸 사과한 게 아니야.

하지만 그런 말을 할 수는 없었다.

"있지, 있지, 그래서 어떤 이야기야?"

어두워진 내 표정을 눈치챈 건지, 그녀는 화제를 바꿔주었다.

"대략적인 부분만, 정해졌는데."

히이나는 응응, 하며 내 이야기를 들어주었다.

나는 마음속으로 다시 미안하다고 중얼거렸다.

③ 여름방학 전의 관문

　시험 기간에 접어들었다.

　나와 후시미, 히메지, 그리고 토리고에가 도서관에서 공부한다는 이야기를 듣고 시노하라도 오게 되었다.

　내 옆에는 히메지가 있고, 맞은편에는 후시미가 있다.

　옆 테이블에서는 시노하라와 토리고에가 공부를 하고 있었다.

　"시이, 아까부터 계속 뭐 하는 거야?"

　펜을 멈춘 시노하라가 문득 토리고에에게 물었다.

　"각본 작업. 지금 괜찮은 느낌이라서."

　"공부는 안 해도 돼?"

　걱정하는 시노하라에게 토리고에가 '괜찮아'라고 말하고 있었다.

　"거기, 료 군. 손이 멈췄어. 문제 풀어."

　"그래~."

　나는 건성으로 대답했다. 각본이라는 단어는 후시미도 들었을 것이다. 들어서 그런지 계속 안절부절못하며 토리고에 쪽을 힐끔거리고 있었다.

　"히나, 신경 쓰이면 보여달라고 하지 그래요."

　히메지가 문제집을 보며 그렇게 말하자 후시미가 고개를 저었다.

　"지금은, 공부하고 있으니까."

　토리고에는 성적이 그렇게 좋은 편이 아니다. 이번 기말고사는

수학과 영어가 30점 미만이면 여름방학에 개최되는 보충학습 참가 대상이 된다.

그렇기 때문에 가정교사인 히나 선생님에게는 수학과 영어를 중심으로 배우고 있었다.

"아이, 거기는……."

"저는 됐으니까 히나야말로 실수를 하지 않게끔 조심하는 게 낫지 않나요?"

"실수해도 낙제하지는 않을 테니까 괜찮아."

자신감이 대단하다.

……부럽네.

히메지도 그렇게 생각했는지 으스대는 소꿉친구를 미묘한 표정을 지으면서 바라보고 있었다.

"그러고 보니까 히메지는 머리가 좋았던가?"

"료보다는 좋아요."

초등학교 때 어땠지? 떠올리다가 히메지의 노트에 답안지 같은 프린트가 끼워져 있다는 걸 눈치챘다.

아마 저번에 본 쪽지시험 같은데…….

문제집에 집중하던 히메지의 허를 찔러 수학 답안지를 슬쩍 빼냈다.

50점 만점인 쪽지시험 점수란에는 빨간색으로 3이라는 숫자가 적혀 있었다.

"푸핫. 나보다 더 망했잖아!"

그제야 눈치챈 히메지가 당황하며 답안지를 낚아챘다.

"잠깐만요, 멋대로 보지 말아주세요."

"이봐, 이봐, 이봐, 히메지, 이봐, 이봐, 이봐."

"으스대는 표정이 열받네요……."

"저보다 머리가 좋으신 것 같은 히메지마 양, 제가 몇 점이었는지 알고 있나요?"

으스대고 싶었던 나는 히메지가 대답하기도 전에 내 답안지를 꺼냈다.

"13점."

"큭……, 료하고 이렇게 큰 차이가 벌어지다니……."

분해하는 히메지. 후시미는 어이가 없다는 듯이 눈을 흘기고 있었다.

"득점이 30퍼센트 미만인 시점에서 료 군도 낙제잖아."

"현실을 들이대지 말라고. 두 배로 하면 26점인가……, 그래, 26점인가……."

꽤 괜찮은 점수 아니야?

"왜 썩 나쁘지 않다는 듯한 표정이죠? 결국 료도 낙제잖아요."

"두 배로 해봤자 히메지는 6점이라고, 겨우. 나와의 차이는 20점이나 되지."

"료, 료가 넘을 수 없는 벽으로 느껴지기 시작했어요……!"

"전학 올 때 시험 안 봤어?"

"봤어요. OMR 카드라 답을 쓰는 건 문제가 없었죠."

숫자를 칠하기만 하면 되는 게 OMR 카드니까. 풀었는지 여부는 별개잖아.

어흠. 후시미가 호들갑스럽게 헛기침을 했다.

"이 세상에는 낙제 점수를 받는 사람과 받지 않는 사람이 있어요. 저는 후자죠. 두 사람은요?"

방긋 웃으며 말하는 후시미.

"도토리 키재기는 그만하고, 문제에 집중하지?"

"그래." "네."

혼난 우리가 동시에 대답했다.

슥슥. 문제를 나름대로 풀어나가다 보니 히메지의 손이 벌써 멈췄다. 옆얼굴만 봐도 예쁜 눈썹에 오뚝한 코, 연분홍색 입술을 약간 고민된다는 듯이 다물고 있다는 걸 알 수 있었다.

"타카료~, 아이카 님을 빤히 바라보지 마."

어느새 시노하라가 맞은편에 앉아서 후시미와 교대한 상태였다.

"안 그랬어."

나를 보던 시노하라는 과일에 몰려든 벌레를 보는 듯한 눈빛을 드러내고 있었다.

"미나미 양."

히메지가 부르자 시노하라가 등을 쭉 폈다.

"네헷?! 왜, 왜, 왜 그러시죠?"

"저는 히메지마 아이니까……, 이름으로 불러주시면 기쁘겠어요."

히메지는 세련된 프로의 미소를 드러내며 시노하라를 보았다.

"저, 저 같은 사람이 아이카 님의 진명을 입에 담다니, 너무 황송한데요……."

"저기……."

히메지가 미소를 지은 채 굳었다.

이 사람을 어떻게 하지, 그렇게 생각하는 게 뻔히 보였다.

"시노하라, 히메지를 신처럼 숭배하지 마. 히메지가 곤란해하잖아."

그렇게 말하자 시노하라가 안경을 치켜올리며 으스대는 표정을 지었다.

"나만은 알고 있다, 같은 말도 안 되는 고참 어필하지 말아줘. 내가 더 먼저 좋아했거든?"

"방금 그게 무슨 고참 어필이라는 거야?"

아니, 나는 소꿉친구니까 고참 중의 고참, 최고참일 텐데.

히메지에게 존경할 만한 포인트가 없다는 사실을 가르쳐주지.

나는 엄지손가락으로 히메지를 가리키며 말했다.

"이봐. 애초에 이 신은 수학 쪽지시험에서 3점을 맞은 신이거든? 여름방학 보충학습이 거의 확정인데———."

"잠깐만요, 쓸데없는 말은 하지 마세요."

들키는 게 쑥스러운지, 히메지가 팔꿈치로 나를 찔러댔다.

"당황한 아이카 님……, 화가 난 아이카 님……, 전부 귀여워……, 고귀해……."

거기 안경, 손을 마주 모으고 기도하지 말라고.

"'히메지'라면 본명 같은 느낌이 아니니까 부르기도 편하잖아?"

토리고에도 히메지라고 부르니까.

"그럼, 히메 님으로."

어떻게 해서든 님자는 붙이고 싶은 모양이다.

"네. 그걸로 부탁드릴게요. 존댓말은 안 쓰셔도 돼요. 그리고 아이카라고 부르지 말아주세요. 제 이름도 아니고, 애초에 아무런 상관도 없으니까요. ……아무런 상관도 없으니까요."

두 번 말했다.

앞으로도 이렇게 얼굴을 볼 기회가 있을 테니 히메지가 시노하라에게 익숙해지게 만들어두는 게 나을지도 모르겠다.

"시노하라, 일단은 머리가 좋은 편이지? 히메지에게 수학을 가르쳐줘."

시노하라가 눈빛으로 그래도 되는 거야? 라고 물었다.

히메지를 살펴보니 그녀도 곤란한 상황인 건 분명한 것 같았기에 받아들였다.

"미나미 양, 부탁드릴게요."

"아, 알겠, 어."

시노하라는 안절부절못하며 히메지의 질문에 대답했다.

학교가 다르긴 하지만, 같은 교과서를 써서 다행이네, 시노하라.

옆쪽 테이블을 보니 후시미가 토리고에게 질문 공세를 가하고 있었다.

"시이, 그다음에는 어떻게 돼?"

"응, 나중에, 나중에 가르쳐줄 테니까."

후시미는 역시 각본이 신경 쓰이는지, 토리고에 옆자리에서 손 근처를 어떻게든 보려고 등을 쭉 펴며 들여다보는 각도를 바꿔대고 있었다.

"그런 전개면, 나는."

"정말, 좀, 시끄러워……, 집중 좀 하자."

토리고에가 들여다보려는 후시미의 얼굴을 꾸우우욱, 밀어내고 있었다.

저쪽도 나름대로 힘든 모양이네.

폐관 시간이 되자 우리는 도서관을 나섰다.

토리고에의 이야기에 따르면 각본은 4할 정도 진행된 모양이었다.

그 정도라면 크게 변경되지 않는 이상, 배역이나 필요한 소품, 장소를 알려줄 수 있겠네.

"타카모리 군, 이제 곧 일단락될 것 같으니까 나중에 읽어줄래?"

토리고에가 그렇게 말하자 나는 곧바로 대답했다.

"응, 좋아."

"있지~, 시이, 나는~?"

"히이나는 객관성이 전혀 없으니까 됐어. 완성될 때까지 기다려."

"어어어~?"

뿌우뿌우, 후시미가 돌아가는 길에 토라진 건 굳이 말할 필요도 없을 것이다.

그렇게 영화 제작은 착착 진행되었고, 여름방학이 다가오고 있었다.

"뭔가 하고 싶은 말 있어?"

오늘 계속 기분이 안 좋았던 후시미가 맞은편에서 팔짱을 끼고 있었다.

하루 종일 토리고에하고 히메지, 그리고 나를 다그치고 싶었겠지…….

역 앞 패밀리 레스토랑에서 후시미가 한숨을 크게 쉬었다.

"왜 세 명 다 낙제인데. 같이 공부했잖아."

가시 돋친 말투로 후시미가 원인을 추궁하려 했다.

우리는 서로 얼굴을 마주 보았다.

"그래도 말이지, 후시미. 나는 25점이야. 선전했다고 할 수 있는 거잖아."

후시미는 어깨를 축 늘어뜨렸다.

"어째서 당당하게 그런 말을 할 수 있는 건데."

영어는 겨우 낙제를 피했지만, 나와 토리고에, 히메지는 수학에서 낙제 점수를 받아버렸다.

"시이. 내가 괜찮겠냐고 몇 번이나 물어봤지?"

"응. 내 기준으로 30점은 완전히 사정거리 이내였어."

"적어도 안전한 범위라고 해줘……. 이러니까 낙제를 하지……."

"그 대신, 각본이 완성되었거든."

"정말?!"

후시미가 몸을 앞으로 내밀며 눈을 반짝였다. 하지만 이야기가 다른 곳으로 빠질 것 같다는 사실을 깨닫고는 고개를 마구 저었다.

"그 이야기는 일단 제쳐두고……. 아이."

"OMR 카드였다면 제 실력을 발휘할 수 있었을 텐데요."

"아니, 제 실력은 항상 발휘해야지."

나는 무심코 태클을 걸어버렸다.

OMR 카드라 해도 점수는 딱히 차이가 없을 텐데.

"그런 답안지로는 말이 안 돼요."

"말이 안 되는 건 히메지의 학력일 텐데."

"15점 정도 점수를 더 냈다고 해서 으스대지 말아주세요."

흥, 히메지가 코웃음 쳤다.

"히이나. 재시험 때 50점만 넘으면 보충수업은 안 받으니까 그렇게까지 화를 낼 필요는 없잖아."

"나는 공부를 하지 않았다는 것 때문에 화가 난 거야."

정마알, 하고 투덜대는 후시미.

하지만 나는 매우 낙관적으로 보고 있었다. 내게는 재시험 무패라는 안심과 신뢰의 실적이 있다. 넘어온 수라장의 숫자가 다르다.

후시미의 잔소리가 시작되려던 찰나에 토리고에가 가방을 뒤지더니 스테이플러로 고정시킨 종이 다발 네 묶음을 테이블 위에 올려놓았다.

"교무실에서 복사해달라고 해서 대본을 만들어왔어. 이걸로 갈 거야."

나도 중간에 몇 번 확인하긴 했지만, 딱히 참견하진 않았다. 그 정도로 잘 만들었다는 생각이 들었다.

말없이 집어든 후시미와 히메지가 조용히 읽기 시작하자 토리고에의 얼굴이 굳어졌다.

"눈앞에서 읽으니 긴장되네……."

그냥 읽기만 하면 10분도 걸리지 않을 대본을 두 사람은 계속 읽었다.

침묵을 견디지 못한 건지 음료수 기계에서 받아온 토리고에의 주스가 점점 줄어들었다.

토리고에는 나와 의논하며 영화 촬영에 필요한 것들을 A4용지에 정리한 문서를 두 사람에게 보여주고 빠진 게 없는지 물어보았지만, 딱히 추가할 것은 없는 모양이었다.

"어땠어?"

토리고에가 힘들어하는 것 같았기에 대신 내가 감상을 물었다.

"좋아하는 사람이 등장하지 않는 것도 괜찮은 연출인 것 같아."

후시미가 제일 먼저 입을 열었다.

이 두 사람에게 어울릴 만한 남자는 연예 기획사에서나 찾아볼 수 있을 테니까.

"단편이라는 걸 고려하면 내보내지 않는 게 템포 면으로도 더 좋을 거다……라는 뜻인가요?"

"응."

"구체적으로 어떤 남자인지 상상력을 자극하네요."

두 사람에게는 평가가 꽤 좋았다.

그런 다음에는 제작 진행 이야기. 반 친구들에게 어떤 역할을 배분할 것인지 정해나갔다. 그런 부분에 대해서는 후시미가 역시 대단했다. 중심적인 존재라 그런지 다른 친구들을 잘 보고 있다.

누가 누구와 사이가 좋고, 사이가 좋기만 해서는 일이 안 되니

성실한 사람을 한 명 넣고……, 그렇게 나와 토리고에도 납득할 만한 배치를 제안했다.

내일 HR 때 알리기로 하고, 그날은 그렇게 해산.

역할 분담은 어떻게든 되었지만, 문제는 기재다.

최악의 경우 대형 조명은 쓰지 않더라도 카메라와 마이크, 소형 조명은 필수였기에 내가 알아본 느낌으로는 수만 엔은 필요할 것 같다.

집에 가는 길에 후시미와 히메지에게 기재 이야기를 하자 히메지가 아무렇지도 않다는 듯이 말했다.

"그 정도 금액이라면 제가 낼 수도 있는데요?"

"아니, 잠깐만, 잠깐만. 그건 아니지."

그랬지. 히메지는 얼마 전까지 수입이 꽤 있었지.

"그런가요?"

나와 비슷한 생각을 한 것 같은 후시미가 그래, 그래, 라며 고개를 끄덕이고 있었다.

"맞아. 아이에게만 기댈 수는 없으니까."

촬영에 예산을 많이 할당했기에 기재에 들일 예산은 거의 남지 않았다.

우리끼리 어떻게든 할 수밖에 없나…….

"아르바이트하자, 아르바이트! 고등학생, 여름, 아르바이트. 이건 한 세트잖아."

"어째서 일부러 골치 아픈 일을 하려는 건지 이해가 잘 안 되는데……, 저는 안 할 거거든요?"

후시미가 제안하자 히메지가 싸늘하게 대답했다.

어차피 나는 컴퓨터와 편집 소프트를 살 필요가 있다. 마침 잘된 거라 해야 하나?

"어떤 아르바이트로 할까~."

"고등학생이 여름 동안에만 할 수 있는 아르바이트는 꽤 한정적일 텐데요."

"어~? 그래?"

아, 히메지가 입을 열었다.

"아는 사람 중에 연줄이 있어요. 혹시나 빌릴 수 있을지도 모르겠네요."

아는 사람……, 혹시……?

내 예감이 적중한 건지 히메지가 고개를 살짝 끄덕였다.

"그렇구나! 빌릴 수 있으면 딱 좋겠네!"

"빌릴 수 있다면 말이지만요. 잠깐 물어볼게요."

아이돌 시절의 연줄을 이용하려는 모양이다.

완전히 인연을 끊은 게 아니었던 모양이네.

활동을 쉬고 팀을 탈퇴한다고 했으니 연예계 자체에서 완전히 은퇴한 건 아닌가……?

두 사람과 헤어져서 집에 온 나는 내 방에서 침대에 드러누웠다.

재시험 공부와 아르바이트. 그리고 영화의 컷 배분을 고려하면———. 어라? 왠지 바쁘네…….

하지만 신기하게도 바쁘다는 것이 싫지는 않았다. 다시 공부를 하는 건 싫지만.

"있지, 마나. 내가 아르바이트를 하면 뭘 할 수 있을까?"

나는 집에 온 마나에게 물어보았다.

"오빠야가 아르바이트? 음~. 아, 그럼 설거지 같은 건?"

"식당이라."

"아니, 집에서. 한 번에 200엔 어때?"

"그런 게 아니라고……."

어~, 그럼 뭔데~? 마나가 그렇게 말하며 입술을 삐죽댔다.

설거지 한 번에 200엔이라니, 초등학생 같잖아. 똑 부러진 마나도 이렇게 보면 아직 중학생이구나.

휴대폰으로 아르바이트를 찾고 있자니 메시지가 왔다. 히메지다.

『기재, 빌릴 수 있을 것 같아요. 종류가 몇 가지 있는 것 같으니까 사무소까지 같이 가주실 수 있나요? 저는 잘 모르니까요.』

일 처리가 빠른 히메지가 바로 물어봐 준 모양이다.

나도 잘 아는 건 아니지만, 히메지에게만 떠넘길 수는 없기에 같이 가겠다는 답장을 보내두었다.

④ 남녀 단둘이 외출하면 그건 데이트

"오래 기다리셨죠."

역 승강장에서 기다리고 있자니 히메지가 왔다. 역시 교복에서 사복으로 변하니 더 신선해 보인다.

그녀가 입은 것은 하늘하늘한 흰색 롱스커트에 소매가 없는 셔츠. 가방을 어깨로 비스듬히 걸쳐서 가슴 근처가 강조되는 듯한 형태였다.

나도 모르게 눈길이 가버리는데, 마나나 토리고에의 이야기에 따르면 그런 시선은 다 안다고 하니 나는 애써서 그쪽을 보지 않게끔 했다.

그리고 오늘 히메지는 안경을 끼고 있다.

내가 빤히 보고 있다는 걸 눈치챘는지.

"아, 이거 말인가요? 도수가 없는 안경이에요."

히메지는 안경테를 툭툭 두드리며 미소를 지었다.

"뭐라고 해야 하나, 대학생인 줄 알았어."

"어른스럽다는 뜻인가요?"

눈을 깜빡이면서 입가를 실룩이는 히메지.

도쿄 쪽에서 살다 와서 그런지 세련되었다는 느낌이 들었을 뿐이다.

토요일인 오늘은 저번에 히메지가 말했던 기재를 빌리러 사무소로 간다.

다른 사람들도 부르긴 했지만, 후시미는 연기 학원에 가는 날이고 토리고에는 각본을 체크해야 한다고 했기에 우리 둘만 가게 되어버렸다.

도착한 전철을 타고 사무소로 향했다.

"그만둔 건 아니구나."

"아이돌 자체는 그만두었지만, 연예 활동은 일단 쉬고 있는 거예요."

"호오."

후시미는 지금부터 그쪽으로 가려 하는 거지.

"시작은 중학교 2학년 때였어요. 오디션을 보고, 합격해서 그룹에 들어가고……."

실제 활동 기간은 2년 반 정도였던 것 같다.

하지만 그런 반면, 학교생활을 소홀히 하게 되어서 수업도 제대로 듣지 못했고 학교 행사에도 거의 참가한 적이 없다고 한다.

"몸 상태가 안 좋아진 이후로 료나 다른 친구들이 있는 고향으로 돌아가고 싶다는 생각이 들어서요."

"열심히 했구나."

내가 위로하듯 말하자 히메지가 고개를 저었다.

"저는 중간에 그만둬 버렸으니 딱히 대단한 것도 아니에요. 정말로 열심히 하는 사람들은 지금도 활동하고 있는 멤버들이죠."

자세한 사정을 잘 모르는 나도 히메지가 얼마나 노력했는지는 대충 이해할 수 있을 것 같았다.

텔레비전 너머에 있는 아이돌은 귀엽거나, 노래를 잘하거나, 춤을 멋지게 추거나, 이야기를 재미있게 하곤 한다. 대부분 나와 비슷한 나이의 또래임에도 노력의 결과가 라이브나 텔레비전에 나오는 거겠지.

특집 등으로 카메라가 밀착 취재하는 프로그램을 본 적이 있었는데, 또래라고는 해도 어차피 남 이야기였다.

근처에 그런 사람이 있으니 느낌이 좀 다르긴 하네.

그나저나 히메지는 그런 이야기를 하면서도 거만하게 굴거나 잘난 척하지 않는구나. 나한테는 밉살스럽게 굴면서.

"오늘 입은 옷, 대학생 같다는 건 잘 어울린다는 뜻이죠? 료는 이런 걸 좋아하나 보네요."

장난기 어린 미소를 지으며 내 눈을 빤히 바라보는 히메지.

얼굴을 바라보자 그제야 무언가를 눈치챘다.

화장했나? 평소 얼굴하고 뭔가 다른데.

"어울린다는 건 부정하지 않겠어."

"후후. 솔직하지 못하네요."

그런 분위기로 전철을 타고 한 시간 반 정도 이동한 다음, 가장 가까운 역부터는 히메지의 안내를 받으며 지금도 소속 중인 것 같은 사무소로 향했다.

거리를 걷다 보니 사람이 너무 많아서 이곳저곳을 두리번거리게 되었다.

그런 내게 히메지가 '촌놈이라는 걸 들킬 수도 있으니까 조심하는 게 좋을 거예요'라고 충고해 주었고, 나는 순순히 따르기로 했다.

도착한 곳은 1층에 편의점이 있는 상가 건물.

"이 편의점에 자주 신세를 졌죠."

그렇게 오래된 일도 아닌데 히메지는 정겹다는 듯이 말했다.

엘리베이터를 타자 그녀는 망설임 없이 4층 버튼을 눌렀다. 그 옆에는 명조체로 '레이지 PA'라는 이름표가 붙어 있었다.

"레이지 퍼포밍 아츠, 사무소 이름이에요."

"처음 듣네."

"그렇겠죠. 그룹은 알아도 사무소 이름은 모르는 사람이 대부분이니까요."

엘리베이터에서 내리자 바로 앞에 접수용 전화기가 놓여 있었다. 수화기를 든 히메지가 '안녕하세요. 히메지마입니다'라고 말하자 잠시 후, 통로 끝에 있던 문이 열렸다.

나온 사람은 30대 후반 정도로 보이는 멋진 남자. 이쪽을 향해 손을 흔들고 있었다. 그 사람에게 히메지가 고개를 살짝 숙여 인사했다.

"마츠다 씨, 안녕하세요."

"아이카, 잘 지냈어~?"

마츠다 씨라 불린 남자는 왠지 늘어지는 듯한 목소리로 말하며 부드러운 미소를 짓고 있었다. 척 봐도 알 수 있을 정도로 잘생겨서 모델인가 싶은 생각이 들었다.

"네. 그 이후로는 몸도 문제가 없었고요."

"잘 됐네에~."

히메지는 내게 마츠다 씨를 소개해 주었다.

"이분이 마츠다 씨. 레이지 PA의 사장 겸, 그룹의 치프 매니저 예요."

"아, 안녕하세요……, 처음 뵙겠습니다. 타카모리입니다."

마츠다 씨가 나를 빤히 들여다보았다.

"당신이 소꿉친구라는 료 군? 멋진 눈……, 탁하고 멋진 눈이 야앙……."

탁하다고? 그게 왜 멋지지?

칭찬할 때는 눈이 맑다고 하지 않나?

아니, 방금……, 눈이야앙이라니……?

"사무소가 작아서 사장이랑 겸임하는 거예요."

아니, 히메지. 내 마음에 걸렸던 건 그게 아니야.

"카메라하고 마이크, 그리고 소형 조명이었지? 응접실에서 기 다리렴."

네, 하고 대답한 히메지는 익숙한 듯이 사무소 안으로 들어가 안쪽 문을 열었다.

가죽 소파가 마주 보고 놓인 실내에서는 큰 창문을 통해 바깥 이 잘 보였다.

"마츠다 씨는 제가 신세를 진 분이고, 오디션도 담당하고 있어요."

"그랬구나."

"아, 혹시 사무소 사장하고 아이돌이라 망측한 짓이라도 할 거 라고 생각하셨나요? 마츠다 씨의 관심 대상은 남자라 괜찮아요."

역시 그런 거였나? 납득이 됐다.

"기다렸지이~."

끄응, 하고 엉덩이로 문을 연 마츠다 씨가 종이봉투를 두 개 가져다주었다.

"차도 내주지 못해서 미안해. 주말에는 사무원들이 쉬거든. 그왜, 그런 쪽으로 요즘 시끄럽잖니?"

"아뇨, 딱히……."

맞은편에 앉은 마츠다 씨는 종이봉투에서 카메라 세 대와 거기에 부착할 전용 마이크 세 개, 그리고 카메라에 달 수 있는 조명을 꺼내주었다.

"마음에 드는 걸 가져가도 돼."

"그렇다네요."

생각보다 크기가 작았고, 카메라를 들어봐도 묵직하지는 않았다.

신경 쓰이는 기재에 대해 마츠다 씨가 간단히 설명해 주었다.

유명 메이커의 카메라를 한 대 들고 파인더를 들여다보았다.

……이걸로 영화를 찍는 거지.

그렇게 생각하자 흥분한 듯 등이 오싹해졌다.

"들여다보지 않아도 화면에 뜨는데?"

"앗……."

후후후, 히메지가 웃고 있다.

설명을 들었을 때부터 왠지 이 카메라로 하자는 생각이 들었기에 딱히 망설이지는 않았다. 마이크는 별 차이가 없는 것 같았기에 제일 새것을 빌리기로 했다. 소형 조명도 다루기 쉬운 걸 골랐다.

"카메라, 망가뜨리지 마세요. 가격이 꽤 비쌀 테니까요."

"이봐, 겁주지 말라고……."

카메라를 이곳저곳 만지작거리고 있자니 마츠다 씨가 나를 빤히 바라보았다.

"역시 멋진 눈이야……, 탁하고 멋진 눈."

그거 칭찬이야? 기뻐해도 되는 거야?

마츠다 씨는 내가 고른 기재를 사용하는 법을 꼼꼼하게 가르쳐 주었다.

자잘한 기능은 나중에 인터넷으로 조사해 볼 생각이었지만, 수고를 덜게 되어 다행이다.

남자인 내가 봐도 깜짝 놀랄 정도로 남자다운 마츠다 씨. 훈남보다는 사나이라는 표현이 더 어울린다.

"아이카, 나중에 잠깐만 시간 좀 내줄래?"

"네. 상관없긴 한데, 왜 그러시죠?"

"중요한 이야기야. 미안해, 데이트 중에."

데이트……, 뭐, 객관적으로 보면 그렇게 되나?

"아, 아니에요! 료에게, 기재를 골라달라고 부탁할 생각이었을 뿐이고……, 저는 딱히 그럴 생각이……."

얼굴을 붉게 물들인 히메지가 강하게 부정했다.

나도 옆에서 흔들 인형처럼 고개를 연달아 끄덕이고 있었다.

하지만 상상했던 것 이상으로 부정이 강해서인지, 마츠다 씨는 눈을 동그랗게 떴다.

"그래? 어어어……. 어머, 그래. 그렇구나."

뭔가 납득한 건지 나와 히메지를 번갈아 가며 보고 있었다.

"벚꽃빛 모멘트는 그만두길 잘했네. 얼마 전까지였다면 이런 것도 못 했을 테니까."

"마츠다 씨, 그, 그런 생각 때문에, 이, 저기……, 여기까지 온 게 아니라요."

히메지는 여전히 얼굴을 붉힌 채 더욱 강하게 부정했다.

"아니, 너, 승부 복장이잖니, 그거."

"흐그윽."

이상한 신음 소리를 낸 히메지가 '잠깐, 화장실 좀……'이라며 도망치듯이 방을 나섰다.

"귀엽지? 아이카."

"저런 일면도 있네요."

히메지는 놀림당하는 캐릭터라는 이미지가 아니었기에 저런 반응을 보이는 게 뜻밖이었다.

"히메지……, 히메지마 양 말대로 딱히 데이트를 하러 온 건 아니니까 너무 놀리지 말아주세요."

후후, 마츠다 씨는 숨소리만 내쉬는 웃음소리를 흘렸다.

이렇게 보면 완전히 남자 웃음소리인데 말이지.

"정말로 기운을 차렸구나, 저 애. '벚모메'를 그만두기 전에는 축 늘어져서 생기가 없었는데."

"그랬나요?"

"그래. ……여자애, 구나. 납득이 되네."

마음속에 있던 의문이 풀렸는지, 마츠다 씨가 고개를 몇 번 끄덕였다.

"벌써 해버렸어?"

"푸핫."

콜록, 콜록, 나는 사레가 들렸다. 침이 이상한 곳에 들어갔다.

"어머, 어머, 괜찮니?"

"괘, 괜찮아요. 갑자기 이상한 소릴 하시니까……."

"그냥 확인한 것뿐인데, 정말, 얼굴이 새빨개지기는."

"아니, 사레가 들려서 그래요. 그리고 사귀는 것도 아니라서, 그런 건, 좀."

"소속 사무소 사장으로서는 알아둘 필요가 있거든. 아이카는 아직 완전히 그만둔 게 아니니까."

마츠다 씨가 방긋 미소를 지었다.

이야기를 들어보니 여러 아이돌 그룹이 사무소에 소속되어 있고 그걸 전부 프로듀스하는 모양이다. 히메지가 소속되어 있던 그룹도 이 회사 기준으로는 잘나가는 것 같다.

돌아온 히메지가 마침 이야기를 들었는지 '그렇게까지 잘나가진 않아요'라며 곧바로 정정했다.

"아이카도 돌아왔으니까, 료 군에게는 미안하지만 자리를 좀 피해줄래?"

"알겠습니다. 그럼 저는 이만 가볼게요."

빌린 기재를 종이봉투에 넣고 자리에서 일어나려 하자 히메지가 불러세웠다.

"아, 료. 아르바이트를 찾고 있죠? 아직 정하지 않았나요?"

"아직인데, 왜?"

"마츠다 씨, 료가 여름방학 동안에 아르바이트를 하고 싶은 것 같은데, 자리 없나요?"

"우리 사무소에서어?"

그건 내게 한 질문이었다.

"찾고 있는 도중이고 뭐가 좋을지 모르니 신세를 질 수 있다면 부탁드릴게요."

"으음, 자리가 있던가?"

마츠다 씨는 생각에 잠긴 듯 허공을 바라보다가 '부탁할 만한 게 있으면 아이카에게 전해달라고 할게'라고 했다.

갑자기 신세를 지려는 건 너무 뻔뻔한 짓이었을지도 모르겠다. 가능성은 별로 없으려나.

"감사합니다. 부탁드릴게요."

나는 그렇게 말하고 고개를 살짝 숙인 다음, 마츠다 씨에게 기재를 빌려줘서 고맙다는 인사를 다시 하고 사무소를 나섰다.

기다린 시간은 그렇게 길지 않았다. 나는 건물 밖으로 나온 히메지와 합류한 다음 사무소 근처에 있는 카페에 왔다.

히메지가 마음에 들어 하는 곳인 모양이다. 안에는 매우 조용하면서도 기분 좋은 재즈 음악이 흐르고 있었다.

편의점처럼 에어컨을 매우 세게 틀어놓지도 않아서 시간을 보내기 매우 편할 것 같은 곳이었다.

우리는 중년 마스터가 가져다준 런치 오므라이스를 각자 먹기 시작했다.

"무슨 이야기 했어? 마츠다 씨하고."

"신경 쓰이나요?"

스푼을 입에 문 히메지가 도발적인 눈빛을 보였다.

"말하기 힘든 거면 억지로 캐묻지는 않을게. 내게 자리를 피하라고 한 걸 보니 외부인에게는 알리고 싶지 않은 이야기일 테니까."

맛있다, 라며 기뻐한 히메지는 입술에 묻은 데미글라스 소스를 낼름 핥았다.

"오디션 이야기예요."

"오디션?"

히메지는 네, 하고 긍정한 다음 이야기를 계속 이어나갔다.

"뮤지컬 주연 오디션 이야기가 사무소로 들어와서요. 마츠다 씨가 어떠냐고 하네요. 아이돌하고는 다른 것을 도전해보자는 방침이 되었다는데요."

"앞으로도 활동을 계속하는 거구나?"

"료는, 싫으신가요?"

그럴 리가 없지, 나는 그렇게 말하며 고개를 저었다.

"응원할게."

"감사합니다."

툭툭, 히메지가 테이블 아래에서 다리를 건드렸다.

치마 밑으로 보이는 가녀리고 흰 다리에는 샌들이 신겨 있다. 네일 장식을 살짝 한 예쁜 발톱이 보였다.

"'벗모메' 멤버들에게는 폐를 끼쳤다고 생각하지만, 아이돌 활동 자체에는 미련이 없고 그쪽으로 마침 흥미가 생긴 참이니 밑져야 본전이라 생각하고 해볼까 해요."

밑져야 본전이라.

그런 마음가짐이 중요한 건지도 모르겠다.

나는 뭘 하더라도 겁만 먹고, 영화 촬영 감독 역할도 후시미가 등을 떠밀어줘서 겨우 결심했을 정도다.

"나도 그런 정신을 본받아야겠네."

"왠지 료답지 않은 열기가 느껴지네요."

"미안하네, 나답지 않아서."

오므라이스를 먹고 있자니 히메지는 어느새 어두운 표정을 짓고 있었다.

"긍정적으로 변한 건 좋긴 한데……, 히나군요. 당신에게 영향을 끼친 건."

내가 부정하지 못하고 있자니 그녀가 으으음, 복잡한 표정을 지으며 입술을 일그러뜨렸다.

"계속 곁에 있다는 건, 강하네요……."

나는 뭐라 말하지 못하고 히메지보다 먼저 밥을 다 먹었다.

문득 밖을 보니 아지랑이가 피어오르는 게 보였다. 휴대폰으로 날씨 예보를 보니 기온은 한여름. 저녁부터는 비가 내리는 모양이다.

"한가하시면 찍어주세요."

히메지가 다 먹을 때까지 기다리고 있자니 그녀가 그런 제안을 했다.

"딱히 한가한 건 아니긴 한데."

시험 삼아 뭔가 찍어보고 싶긴 했기에 나는 종이봉투에서 카메라를 꺼냈다. 의욕을 보이는 히메지가 도수 없는 안경을 벗고 눈가를 꾹꾹 눌렀다.

내가 의아해하면서 보고 있자니 '이렇게 하지 않으면 안경 자국이 남아버리거든요'라고 가르쳐 주었다.

"이미 찍고 있는데."

"네? 미리 말 좀 해주세요."

테이블 아래에서 히메지가 따지듯 발을 버둥거렸다.

"바로 데이터를 지워서 남지 않게 할게."

"아뇨, 남겨주세요. 확실하게. 료가 이 카메라로 처음 찍은 건 제가 되게끔요."

그게 중요한 건가? 나는 고개를 갸웃거렸다.

그녀가 머리카락을 한 손으로 누르고 스푼을 입으로 가져갔다.

화면 너머로 보면 객관적으로 보이는 걸까. 모두가 인정하는 미소녀라는 걸 잘 알 수 있었다.

우리는 다 먹고 나서 잠깐 앉아 있다가 계산을 하고 가게를 나섰다.

"괜찮은 가게네."

"그렇죠?"

"자, 비도 오는 것 같으니———."

내가 역 쪽으로 걸어가려 하자 그녀가 내 소매를 붙잡았다.

"모처럼이니까……."

그 목소리에 돌아보니 히메지가 뜻밖에도 진지한 표정을 짓고 있었다.

"돌아가자는 말은 하지 말아주세요."

매미 소리보다는 자동차 배기음이 더 크게 들리는 큰길을 히메지와 걸어갔다.

에어컨이 있던 카페에 있다가 나와서 그런지 기온보다 더 덥게 느껴졌다.

"같이 가고 싶은 곳이 있거든요."

그렇게 말한 히메지를 따라가고 있는데, 어디로 갈 생각일까.

히메지는 돌아가려던 나를 붙잡았다.

나도 집에서 뭔가 일정이 있는 건 아니라서, 같이 어디론가 가는 게 싫지는 않았다.

굳이 집에 갈 이유라면 돌아가서 카메라를 만지작거리며 기능을 확인하고 싶은 것 정도다.

"저기예요. 저는 오랜만인데, 료는 와본 적 있나요?"

히메지가 손가락으로 가리킨 곳은 나도 알고 있을 정도로 큰 패션 빌딩이었다.

"애초에 도쿄에 처음 온 거 아닌가요?"

"와본 적 정도는 있다고."

"정말로요~?"

히메지는 장난기 어린 말투로 말하며 웃었다.

"촌놈 취급하지 말라니까."

뭐, 와봤다고 해도 놀거나 쇼핑을 한 적은 거의 없지만 말이지.

목적지인 패션 빌딩도 솔직히 지방에서 사는 옷하고 뭐가 다른 건지 나는 전혀 모르겠다. 사람도 쓸데없이 많기만 하고.

그래서 내게는 도쿄에 갈 이유가 거의 없었다.

같은 나이 또래나 중학생 정도 되는 여자애들이 빨려 들어가던 그 건물로 나와 히메지도 들어갔다.

히메지가 슬쩍 팔짱을 꼈다.

"……히메지."

"왜요? 뭔가 하고 싶은 말씀이 있다면 하시죠."

"팔……."

"그게 왜요?"

내가 무슨 말을 하려는 건지 알고 있는 주제에, 히메지는 딴청을 피우는 것처럼 고개를 갸웃거렸다.

"놓으라고."

"싫어요."

미소를 지으며 거부했다.

이유가 뭐야.

건물 안에는 어디를 봐도 중고생 여자애들뿐이다. 초등학생도 있을지 모르겠다.

목적지는 6층이라는 히메지와 함께 엘리베이터를 탔다.

엘리베이터 안이 서서히 혼잡해졌고———마찬가지로 여자애들뿐이다———거의 꽉 차자 문이 닫혔다.

여유가 있던 공간도 지금은 없고, 히메지와 밀착한 상황이었다. 다른 애들에게는 최대한 닿지 않게끔 배려하다가 히메지 쪽으로 붙게 되어버렸다.

여성 전용 차량을 잘못 타버린 것 같아서 왠지 약간 껄끄럽다. 눈을 둘 곳이 마땅치 않아서 층수 표시만 보고 있자니 히메지가 조용히 목소리를 냈다.

"료."

"응?"

"아, 아무것도 아니에요……."

히메지는 당황한 듯이 눈을 피했다.

그녀치고는 신기하게도, 뭔가 말을 하고 싶은 것 같은데 아무런 말도 하지 않는다.

응?

엘리베이터 안이 좁아서 나와 히메지 사이의 거리가 가까웠고, 팔짱을 낀 탓에 내 팔이 히메지의 가슴 근처에 닿아 있었다.

그 사실을 눈치채자 얼굴이 화끈거렸다.

"앗———, 히, 히메지, 저기, 이건."

변명하려 했지만, 물러나면 다른 여자애에게 닿게 된다.

"……."

입을 다물고 부끄러워하지만 말고, 무, 무슨 말이라도 좀 해봐. 더 껄끄러워지잖아.

그런 생각을 하다가 6층에 도착했고, 나는 '죄송합니다, 내릴게요'라고 하면서 다른 손님들을 제치고 나갔다.

히메지가 나오지 못할 뻔했기에 손을 잡고 엘리베이터 밖으로 끌어당겼다.

"방금 그건 어쩔 수가 없었어. 일단, 만에 하나를 대비해서 말해두는 거야."

"저, 저도 알아요. 일부러 그런 게 아니라는 것 정도는요. 저는 신경 안 쓰니까요."

말은 그렇게 하면서도 그녀는 눈을 마주치려 하지 않는다.

"소꿉친구의 가슴을 팔꿈치로 찔러댄 감상은 어떤가요?"

성장을 느꼈다, 라는 말은 죽어도 할 수 없다.

"그런 거 물어보지 말라고……. 그리고 찔러대진 않았어."

내가 한숨을 쉬며 겨우 대답하자 히메지는 쿡쿡, 숨을 내쉬는 듯한 웃음소리를 냈다.

"다 알면서도 심술궂게 물어본 거예요."

"성격이 참 좋구나, 정말."

후후후, 하고 우아하게 웃던 히메지가 장난거리가 생각난 듯한 표정으로 나를 들여다보았다.

"히나보다 크거든요, 저."

……그렇겠지.

"그래서 뭐……, 어쩌게."

"아뇨, 그냥 사실을 말했을 뿐이에요."

노래하듯 말하는 히메지. 어느새 손은 계속 잡은 채 건물 안을 돌아다니게 되었다.

겨우 멈춰 선 곳은 어패럴 매장 앞이었다. 시기 때문인지 가게

앞 마네킹이 화려한 수영복을 입고 있었다.

"자, 가죠."

"들어가기 껄끄럽다고! 왜 은근슬쩍 데리고 가려는 거야."

"수영복을 사러 온 거거든요. 료에게 고를 권리를 줄까 해서요."

그런 권리 필요 없다고.

가게 맞은편에 휴식용 벤치가 있었기에 나는 그곳을 손가락으로 가리켰다.

"저기 있을 테니까 사 오지 그래?"

"망측한 생각을 하니까 들어가기 껄끄러운 거죠."

찰싹찰싹, 히메지가 노출이 심한 마네킹을 두드렸다.

"료는 수영복을 입은 마네킹을 보고 불끈불끈하나요?"

"안 해."

"그럼 상관없잖아요."

그런, 건가? 이제 잘 모르겠다.

따질 수 없게 된 나는 히메지를 따라 억지로 가게에 들어갔다.

곧바로 각양각색의 수영복 코너로 다가가는 히메지. 나는 눈을 가늘게 뜨고 최대한 시각 정보를 적게 받아들이기로 했다.

점원분이 이상한 눈초리로 보지 않을까.

시선이 좀 느껴진단 말이지…….

"푸흡. 그 이상한 얼굴은 뭔가요?"

"이상한 얼굴이라고 하지 마."

내 껄끄러움 대책을 보고 웃다니.

아, 이상한 표정이라 점원분이 이쪽을 보고 있는 건가?

히메지는 내가 껄끄러워하는 것도 아랑곳하지 않고 마음에 들 만한 수영복을 찾고 있었다.

"이런 건 어떨까요?"

수영복 한 벌을 든 히메지가 자기 몸에 대보며 나를 향했다.

"괜찮은 것 같네."

"료는 이런 걸 좋아하나 보네요."

"좋아하거나 그런 건 아니고……."

"그럼, 이건요?"

"어울려."

"역시 그런가요……, 어울려버리나 보네요, 저."

히메지는 곤란하다는 듯이 고개를 저었다.

"스타일리스트분께도 항상 칭찬을 받곤 했거든요. 어떤 의상도 잘 어울린다고요."

이건 무슨 기만이지.

프로가 그렇게 칭찬해주면 자신감이 붙을 만도 하네.

약간 지나친 것 같기도 하지만.

"이쪽은 어때요?"

"괜찮네."

"적당히 둘러대는 거 아닌가요?"

히메지가 의심하듯 눈을 흘겼다.

"안 그랬어."

그냥, 뭐가 더 나은지를 잘 모를 뿐이다.

내 말을 있는 그대로 받아들인 히메지는 점원분을 부르더니 내게 보여준 세 벌을 챙겨서 피팅 룸 쪽으로 갔다.

휴우, 나도 모르게 한숨이 나왔다.

손님인 여자애들 눈도 있으니 가게 밖으로 나가 있어야지. 이제 마음에 드는 걸 사는 것만 남았을 테니까.

가게 맞은편 벤치에 앉아 있자니 나를 이상한 눈초리로 보고 있던 점원분이 다가왔다.

"여자친구분이 봐줬으면 하신다는데, 와주시겠어요?"

"네?"

예상하지 못한 말에 나는 눈을 깜빡였다.

어디서부터 태클을 걸어야 할지…….

점원분이 손짓을 하며 나를 다시 가게 안으로 불러들였다.

안쪽에 있는 피팅 룸 앞까지 데리고 온 점원분은 '천천히 보세요~'라며 특이한 목소리로 말한 다음 방긋방긋 웃으며 떠나갔다.

커튼 밖으로 히메지가 얼굴만 내밀었다.

"입었어요."

"이봐, 히메지———."

불평하려던 참에 그녀가 커튼을 샤악, 제쳤다.

하얀 피부와 예쁜 쇄골. 그녀 말대로 후시미보다 큰 가슴. 까만 리본이 달린 수영복은 하얀 피부에 정말 잘 어울렸다.

코앞에서 수영복 차림을 마주쳐서 똑바로 바라보기가 힘들었다. 그래서 힐끔거리며 보게 되었다.

"괘, 괜찮은 것 같네."

"사실 저도 이게 제일 나을 것 같다 싶었거든요. 약간 어른스러

울지도 모르겠지만."

어떤가요, 라며 그녀는 제자리에서 한 바퀴 돌아 보였다. 허리 옆에는 리본이 달려 있었고, 정면으로 돌아서자 그 기세로 인해 가슴이 출렁 움직였다.

"다른 것도 보실래요?"

"돼, 됐어. 괘, 괜찮아. 괜찮아."

"그런가요?"

"히메지는, 저기, 부끄럽지 않아? 남자인 내가, 봐도."

"아~. 처음에는 저항이 좀 있긴 했는데, 익숙해진 걸까요?"

아, 그렇구나, 이 소꿉친구는 아이돌이었지. 그야 일로 수영복을 입기도 했겠지. 했으려나?

"다른 걸 입어도 어울릴 거예요, 저."

"아, 그래……."

"네. 그러니까."

히메지는 말을 이었다.

"저는 료가 좋아하는 여자애가 될 수 있어요."

계산을 마치고 히메지가 가게 밖으로 나왔다. 그 이후로는 내가 같이 있어줄 필요를 느끼지 못한 건지 가게 밖에서 기다리고 있었는데도 따지지 않았다.

1층 푸드 코트에서 산 아이스크림을 자그마한 플라스틱 스푼으로 떠먹었다.

"수영복은 왜 산 거야?"

1층 푸드 코트는 사람들로 붐볐다. 히메지도 같은 가게에서 산 다른 아이스크림을 먹고 있었다.

"왜냐니, 그런 장면이 있잖아요."

"장면?"

"이제부터 만들 영화에서 바다에 가잖아요?"

아, 나는 무릎을 쳤다.

그런 장면이 있긴 하다. 하지만 수영복이 필요하냐고 물으면 고개를 갸웃거릴 수밖에 없다.

"수영복은 안 입어도 되는데?"

히메지는 마치 내가 아무것도 모른다는 듯 한숨을 크게 쉬었다.

"입고 말고를 떠나서, 바다에 가면 놀 거잖아요? 촬영하는 짬 짬이."

"찍고 돌아오기만 할 건데."

"이 벽창호……, 고등학생의 여름을 대체 뭘로 보는 거예요?"

가면 바다에 들어가는 게 당연하잖아요. 히메지는 그렇게 말했다.

그런가? 나는 고개를 갸웃거렸다.

덥고, 모래 때문에 발이 따끔거리고, 별로 즐거웠던 기억이 없단 말이지…….

"저쪽 고등학교에서는 수영 수업이 없어서요. 그래서 산 거예요. 중학교 때 입던 학교 수영복은 조금……, 안 맞는 부분도 있으니까요."

수영 수업이 없는 건 이쪽도 마찬가지다.

후시미라면 중학교 수영복도 문제없이 입을 수 있을 것 같은데.

"제가 그렇게 생각하고 있으니 히나도 새로 살 거예요."

그렇다면 토리고에도 그렇게 생각하려나? 각본을 쓰면서 이 장면에서는 바다에 가지, 그렇게 되면 모두 함께 수영복을 입고 놀겠지, 라고. 수영복이 필요하겠네, 라고.

"한 입만 주실래요? 제 것도 드릴 테니까."

나는 바닐라. 히메지는 딸기다. 스푼을 찔러서 컵과 함께 히메지에게 내밀었다.

몸을 약간 내민 히메지는 그대로 냠름 핥았다.

"바닐라도 괜찮네요."

이번에는 그녀가 자기 아이스크림을 뜬 다음 이쪽으로 내밀었다.

"드세요."

"이거……."

"녹잖아요? 얼른, 얼른."

히메지가 리듬을 타며 나를 재촉했다. 다른 사람들의 시선이 신경 쓰여 주위를 한번 둘러보니 비슷한 행동을 하는 커플로 보이는 남녀가 있었다.

"그렇게 긴장할 필요가 있나요? 부끄러운가 보네요, 료도 참."

"딱히, 그런 건 아니고———."

사실 그런 거긴 하지만.

하는 사람이 우리 말고도 있다는 사실 덕분에 히메지의 아이스크림을 먹을 수 있었다. 딸기의 적당한 신맛과 단맛이 입안에 진하게 퍼져나갔다.

"맛있죠?"

'어'와 '응'을 합친 것처럼 애매한 대답을 했다.

툭툭, 히메지가 자기 입술을 건드렸다.

"해버렸네요, 키스."

"가, 간접이잖아. 거의 억지로 한 거고. 자꾸 재촉하는 데다, 아이스크림도 녹으니까…….'"

아하하, 히메지가 어깨를 들썩이며 웃었다.

"그렇게 당황할 필요는 없잖아요. 료도 참, 중학생 같네요."

"시끄러워…….'"

"여자들끼리는 꽤 자주 나눠 먹곤 하는데, 남자들끼리는 안 그러나요?"

"안 그래."

말은 그렇게 했지만, 아마 맞겠지? 남자들하고 논 적이 고등학교에 입학한 이후로 한 번도 없어서 모르겠다.

둘 다 아이스크림을 다 먹자 히메지가 조용히 말했다.

"일 때문에 익숙한 것뿐이지, 싫어하는 사람에게 수영복을 보여주거나 아이스크림을 먹여주지는 않으니까요."

"그래, 고맙네…….?"

잘 모르겠지만, 살짝 고맙다는 인사를 해두었다.

여기서 하고 싶은 일도 더 없기에 건물을 나서서 어슬렁대다 보니 머리에 물방울이 떨어졌다.

올려다본 하늘은 어느새 까만 구름으로 뒤덮여 있었고, 비가

선을 그리며 뚝뚝 떨어지기 시작했다.

"비———."

내리기 시작했으니까 슬슬 역으로 가자고 말하려던 와중에 빗줄기가 점점 거세져 갔다.

"비를 피하죠."

"……그래야겠네."

그때 하얀빛이 눈부시게 번쩍이고, 그 직후에 굉음이 쿠우웅 울렸다.

"꺄악?!"

번개가 근처에 떨어졌나 보다. 나는 무심코 목을 움츠렸다. 히메지는 겁을 먹은 건지 어느새 내게 달라붙어 있었다.

"죄송해요……, 저, 번개가 무서워서."

"그런 구석은 여전하네."

"가, 가죠."

어디로? 그렇게 물어보려고 했는데 근처에 비를 피할 만한 곳이 그곳밖에 없었는지 히메지가 노래방을 손가락으로 가리켰다.

그러는 와중에도 비는 더욱 거세졌다. 다른 선택지를 고려할 만한 시간은 없었다.

"응, 가자."

달라붙어서 떨어지지 않는 히메지와 함께 빠른 걸음으로 노래방에 뛰어들었다.

접수를 마치고 안내받은 방은 꽤 작았다. 다른 방이 없어서 그런 건지, 아니면 우리가 둘이 와서 그런 건지.

어둑어둑한 실내를 화면이 눈부시게 비추고 있었다.

"여기에서는 천둥소리도 들리지 않겠네요. 제가 생각해도 괜찮은 판단이었어요."

자화자찬하는 히메지가 가방에서 꺼낸 수건으로 머리카락과 옷을 닦았다.

"료도 이걸 쓰세요."

그녀가 손수건을 따로 꺼내주었지만, 나는 '금방 마르니까'라고 하며 거절했다.

손수건에 수건까지, 이것저것 챙겨서 다니네.

"모처럼 왔으니까 노래를 부를까요."

"난 잘 못 부르거든."

"그럼 좋은 기회가 생겼으니 연습해요."

"연습?"

"네. 노래도 스포츠와 마찬가지로 연습을 하지 않으면 잘 부를 수 없으니까요."

그런 모양이다.

프로 출신이라 그런지 묘하게 설득력이 있다.

내가 선곡용 단말기를 만지작거리고 있자니 내 무릎에 손을 얹은 히메지가 내 손 근처를 들여다보았다.

"부르기 쉬운 곡은――."

화면을 만지며 나도 알고 있는 곡을 몇 개 후보로 보여주었다. 그 곡들 중 하나를 부르자 뜻밖이라는 표정으로 '잘 부르잖아요' 라며 눈을 깜빡였다.

"이번에는 료가 골라주세요. 뭐든 상관없어요, 제게 맡기세요."

역시 자신만만하구나.

하지만 그렇게 말해도 말이지…….

곤란해하며 이것저것 검색하다가 혹시나 하는 생각에 어떤 키워드를 입력해 보았다.

아……, 있네.

『순간 / 벚꽃빛 모멘트』

"그럼, 이거."

송신 버튼을 누르자 삐삐삑, 전자음이 들렸다.

"어?"

화면에 뜬 곡을 본 히메지에게 '뭐든 괜찮다고 했으니까'라며 웃었다.

"조……, 좋아요. 이왕 하는 거니 진심으로 부를게요. 안무도 하고요."

각오를 다진 모양이었다.

"그렇게까지 할 필요는 없는데."

"료는 아이돌이었던 저를 모르죠? 마지막 기회일 테니까 잘 봐주세요."

휴우~, 마치 육상선수처럼 숨을 쉬는 히메지. 도수가 없는 안경을 벗어서 테이블 위에 올려놓았다.

"후렴구 부분에서 신호를 주면 '헤이'라고 해주세요."

"뭐? 어?"

"이 곡을 선택했으니 료도 제대로 해줘야 해요."

나는 히메지의 이상한 스위치를 눌러버린 모양이었다.

살기가 느껴질 정도로 눈빛이 진심이었다.

그녀는 걸리적거리는 테이블을 구석으로 치워서 움직일 수 있는 공간을 만들고는, 전주가 흘러나오자 스텝을 밟으며 손으로 허공을 갈랐다.

처음 듣는 그 곡은 업 템포 곡조로 질주하는 느낌이 나서 상쾌했다.

히메지는 당연하게도 노래를 잘 불렀다.

눈이 마주쳤다. 그녀는 잠시 쑥스러운 듯 미소를 짓고는 계속 춤추며 노래했다.

그게 원래 안무인지 몇 번 타이밍에 맞춰 미소를 짓고, 윙크를 하다가 다시 춤을 추며 노래하고.

나는 아이돌에 별로 흥미가 없고 라이브에 가본 적도 없지만, 아이돌을 특별하게 느끼는 마음은 이해할 수 있었다.

시노하라가 지금 춤추며 노래하는 '아이카'를 제일 좋아했다는 말도 알 것 같았다.

신호를 받아 '헤, 헤이'라고 하자, 좀 더 신나게 하라는 듯 히메지가 손으로 부추기는 시늉을 보였다.

몇 번 반복하니 나도 타이밍을 알 수 있었다.

"헤잇!!"

"그건 아니에요!"

뜻밖에도 태클을 당하자 내 얼굴은 새빨개지고 말았다.

쿡쿡 웃던 히메지는 곡을 끝까지 불렀다. 매우 만족한 듯한 표

정으로 숨을 고르고 있었다.

"한 명 앞에서 진심으로 노래한 건 처음이네요."

"멋지고 귀여웠어."

"네에———?"

라이브를 보러 가고 싶어 하는 사람의 마음을 처음으로 알게
됐다.

내가 고개를 끄덕이고 있자니 히메지가 당황했다.

"그, 어……, 조, 조, 좀 더, 의상이 있으면, 좀 더 그랬을 텐데
요……, 저기……, 가, 갑자기 칭찬하지 말아주세요!"

찰싹찰싹, 나를 때려댔다.

칭찬했는데 왜 혼내는 거야.

⑤　발탁과 두고 온 물건

◆후시미 히나◆

　목욕하고 나와서 방으로 돌아오자 휴대폰에 료 군이 보낸 촬영 스케줄이 와 있었다.

　"으음……?! 바다?"

　그런 장면이 있긴 했다. 팔랑팔랑, 시이에게 받은 대본을 넘겨 보니 역시 있었다. 바다에서 찍어야만 하는 장면.

　설정이나 대사 관계상 촬영지가 꼭 바다여야만 하는 장면은 아니니 의외로 시이가 가고 싶은 것뿐일지도 모르겠다.

　대략적이지만 요점을 잘 짚고 있는 스케줄이 왠지 료 군답다는 느낌이 들었다.

　"제대로 하고 있네~."

　침대에 드러누우며 조금 기뻐져서 발을 버둥거렸다.

　모두 함께 바다에 가는구나~. 바다. 기대된다.

　상상하기만 해도 사흘 정도는 즐길 수 있을 것 같다.

　응? 바다……?

　"헉……, 필요해……, 수영복……. 중학교 때 입던 건, 안 돼……! 절대로……!"

　직감이 내게 그렇게 말하고 있다.

내가 가지고 있는 건 중학교 때 입던 학교 수영복뿐인데———.

감색인 데다 가슴팍에 후시미라고 적힌 이름표가 붙어 있는 그거.

지갑 안을 확인해보니 텅텅 비어서 빈사 상태였다. 아~, 소설이랑 좋아하는 영화 블루레이를 너무 많이 사서 그래!

"아, 아빠아~!"

후다닥, 1층으로 내려간 다음 싹싹 빌어서 겨우 5000엔을 빌리는 데 성공했다.

예상대로 '중학교 때 입던 건? 아직 입을 수 있지 않아?'라는 말을 들었고, 여자애에 대해 아무것도 모르는 아저씨에게 설명하느라 고생했다.

완전히 납득한 건 아닌 것 같았지만, 아무튼 5000엔 확보에 성공했다.

"부족하지 않을까……."

인터넷으로 검색해 보니 예산에 맞는 귀여운 수영복이 많았다.

곧바로 료 군에게 메시지를……, 하다가 손을 멈췄다.

"어차피 료 군은 내가 중학교 때 입던 수영복을 입고 올 거라 생각할 테니까, 서프라이즈를 해줘야지."

'수영복을 사러 가고 싶으니까 같이 가줬으면 좋겠어~!'라고 입력한 문장을 지워나갔다.

그때, 시이가 보낸 메시지를 받았다.

『바다 갈 거면 수영복 가지고 갈래?』

『물론이지!』

혹시 시이도 중학교 때 입던 수영복밖에 없어서 초조해하는 패턴 아닐까?

그렇다면 동료네.

『같이 안 갈래? 나, 혼자서 수영복을 산 적이 없어서 좀 걱정되거든.』

같이 쇼핑하자는 제안으로 생각한 나는 곧바로 대답했다.

『가자! 꼭!』

『타카모리 군네 여동생도 같이.』

마나? 고개를 갸웃거리면서도 거절할 이유가 딱히 없었기에 승낙했다.

셋이서 메시지 그룹을 만든 다음 날짜와 시간을 정했다.

다들 마침 시간이 되었기에 내일 낮에 가기로 했다.

그 뒤 아이에게도 말했지만, '저는 이미 있어서 괜찮아요'라고 거절당해버렸다.

마나와 만난 곳은 가까운 역. 내가 갔을 때 마나는 이미 도착해 있었다.

"어, 잠깐만."

마나는 머리가 아프다는 듯이 눈을 감았다.

"나도 이제 익숙해지긴 했지만, 역시 몇 번을 봐도 충격이야."

"뭐가?"

"가지고 오길 잘했네. 이걸로 갈아입어. 화장실 같은 곳에서."

마나는 들고 있던 종이봉투를 스윽 내밀었다.

"히나, 그런 옷을 입고 하마야 역에 갈 수는 없으니까."

하마야 역이란 이 부근의 가장 큰 번화가에서 제일 가까운 역이다. 이 근처 중고등학생들의 주된 쇼핑 및 데이트 장소이기도 하다.

"그렇게 이상한가?"

내가 고개를 갸웃거리자 마나는 절묘하게 슬픈 것 같기도 하고 답답한 것 같기도 한 표정을 지었다.

"이상해."

으윽…….

푸욱, 박혔다.

"정말 이상해."

한 대 더 맞았다.

시즈하고 만나기로 한 시간에 늦을 수도 있으니까 서두르라며 마나는 나를 재촉했다.

그렇게 딱 잘라 말할 필요는 없잖아……. 나는 불평과 함께 화장실로 향해 마나가 준 종이봉투 안에 들어 있던 옷으로 갈아입었다.

마나가 가지고 온 것은 치마 길이가 짧은 원피스. 배꼽 근처에 큼직한 리본이 달려 있었다.

그 옷에 어울리는 샌들도 준비해 주었기에 그걸로 갈아신고 화장실을 나섰다.

"역시 괜찮네! 나는 진심 천재야."

"그런데 마나, 이거, 팬티가 보이지 않을까……? 너무 짧지 않아?”

“섹시하고 귀여운 느낌이 장점인 원피스니까 괜찮아. 괜찮아.”

섹시……

그렇구나. 나도 고등학교 2학년이니까 그런 게 어울릴 나이구나.

자신감이 좀 붙는 것 같아.

시이와 만나기로 한 하마야역에는 옷을 갈아입다 보니 5분 정도 늦게 도착해버렸다.

“미안해~. 늦었지.”

“어, 두목님도 있네!”

정말이네. 시노하라 양이야.

야호~, 하며 손을 흔들자 시이와 시노하라 양도 손을 흔들어 주었다.

“같이 가고 싶다고 하길래, 괜찮겠다 싶어서.”

시이가 설명해 주었다.

시노하라 양이 있으면 조금 든든하긴 하다. 이유는 모르겠지만, 마나가 두목님이라고 부르는 것처럼 정신적인 지주 같은 느낌이 있는 건지도 모르겠네.

왠지 사이좋은 네 사람이라는 느낌이라 즐겁다.

인사를 적당히 나누고 곧바로 걸어가기 시작했다. 도착한 상업 시설은 료 군과 같이 한 번 왔던 곳이었다.

“이곳 2층인데, 가성비도 좋고 괜찮은 가게가 있어서——.”

에스컬레이터를 타고 그 가게로 향했다.

마나가 안내하길래 갸루 계열 가게인가 싶었는데 그렇지는 않았고, (그런 계열 옷도 있긴 했지만) 예쁜 계열이나 캐주얼한 옷들이 많았다.

나는 곧바로 수영복을 들어보면서 '시이, 이거 어때?'라며 옷걸이를 내 몸에 대보았다.

"후후. 화려하네."

"어? 그래?"

"히나는 학교 수영복이 제일 낫지 않을까……."

마나, 그건 안 돼. 그래서 사러 온 거라고.

"후시미 양은 원피스 계열이 낫지 않을까?"

"원피스라. 어린애 같지 않아?"

달그락달그락, 마나가 몇 벌인가 디자인을 확인하다가 그중 하나를 보여주었다.

"이런 거라면 어린애 같지 않을 거야."

"호오. 호오, 호오."

"히이나가 부엉이처럼 되어버렸네."

어깨도 드러나 있다, 등도 파였다. 하지만 정면에서는 평범한 꽃무늬 원피스로 보였다.

"거리에 입고 나가도 될 것 같네!"

세 사람이 화들짝 나를 보았다.

"──안 돼, 히나. 이건 수영복이니까."

"어? 농담……인데."

깜짝 놀라는 내 앞에서 세 사람은 안심한 듯 한숨을 쉬었다.

그 뒤로 셋은 이거다, 저거다 하면서 자기 수영복보다 내 수영복을 먼저 골라주었다.

다들 착하다.

나와 시노하라 양이 디자인에 대해 이것저것 따지는 사이, 시이와 마나는 뭔가 이야기를 나누는 중이었다.

"여동생."

"왜~? 시즈."

"스타일리스트 겸 헤어 메이크 맡지 않을래?"

"으음?"

"영화. 찍는다고 했잖아. 여동생이라면 딱 맞을 것 같은데."

"내가 맡아도 돼? 같은 반 사람 말고?"

나와 시노하라 양이 이야기를 듣고 있다는 사실을 눈치챈 마나는 자신을 손가락으로 가리키면서 이쪽을 보았다.

"괜찮을 것 같아!"

나는 엄지손가락을 치켜세웠다.

"료 군, 그 역할은 지정하지 않았거든. 옷이나 화장은 장면에 맞추기만 하면 되니까 나도 신경 쓰지 않았었는데."

잘 생각해보니 헤어 메이크, 스타일리스트는 엔딩 크레딧에 반드시 등장하는 직책이다.

"괜찮지 않을까? 여동생은 후시미 양을 갈아입히는 솜씨가 괜찮으니까 잘 해낼 수 있을 거야."

수영복을 고르며 시노하라 양이 그렇게 말했다.

"두목님이 그렇게 말한다면 말이지~, 해볼까~."

"저기, 몇 번이나 말했던 건데, 두목님이라고 부르지 말아줘."

이히히 웃은 마나가 '미안, 미안, 화내지 마'라고 사과했다.

"오빠야한테 물어볼게. 괜찮다고 하면 할 거야."

그렇게 마나가 의상과 화장을 감수하게 되었다. 료 군이 허락해준다는 조건이지만, 거절할 이유는 없을 것 같다.

"손이 많이 가는 사람이 있으니까 말이지. 내가 맡는 게 나을지도 모르겠어."

마나, 왜 이쪽을 보는 거지?

다시 수영복 이야기로 화제가 바뀌어서 마나나 점원분의 추천을 들으며 이것저것 고민한 결과, 원피스 타입을 샀다.

비키니가 나으려나~, 하고 생각했지만 마나도 그렇고 점원분도 은근슬쩍 화제를 돌렸다.

"시이는 어떤 거 샀어?"

집에 가는 길에 내 옆으로 다가온 시이에게 물어보았다.

"나는……, 저기, 평범한 거."

"어떤 거?"

"어, 어차피……, 위에 파카를 걸칠 테니까 신경 쓰지 마."

쑥스러워 보였다. 왠지 귀엽네.

"히이나, 여동생이나 점원분 말을 들은 게 정답인 것 같아."

"그런가? 왜 그렇게 생각해?"

"히이나는 가슴이 없으니까."

"있는데?"

"위쪽이 어쩌다가 흘러내리거나 떠내려가 버리면 큰일이야. 가슴이 없으면 헐렁하니까."

"있다니까! 충전재도 있고!"

"이빨 때우는 것도 아니고."

그 대답을 듣고 나는 무심코 웃어버렸다.

"그게 뭐야."

후후후, 웃기네.

시이도 덩달아 웃었다.

"나, 친구하고 바다에 가보고 싶었어."

"응, 나도. 그래서 바다 장면을 넣은 거야?"

"그런 건 아니지만, 아예 아닌 것도 아니라고 해야 하나? 타카모리 군하고 가본 적 있지 않아?"

"예~전에 말이지, 예~전에."

료 군, 기억하고 있으려나?

역에서 시노하라 양, 시이와 헤어진 다음, 마나와 함께 집에서 가까운 역까지 돌아왔다.

마나에게 옷을 돌려주어야만 하기에 나는 타카모리네 집에 들르기로 했다.

도착하자 마나가 '다녀왔어~, 오빠야~!'라고 2층에 들릴 정도로 큰 목소리로 말했다.

"아, 그래, 그래, 어서 와. 그리고 오빠야라고 부르지 말라고 몇 번을 말해야……."

툭툭, 메마른 슬리퍼 소리가 들리더니 료 군이 질색하는 듯한 표정으로 계단을 내려왔다.

"료 군, 야호."

"후시미도 같이 왔구나."

"마나에게 이 옷을 돌려줘야 하니까."

아~아……, 하고 뭔가 짐작이 된다는 듯한 목소리를 내는 료 군.

"재시험 공부는 좀 했어?"

"덕분에. 뭐, 저번 시험하고 똑같이 나올 테니까 여차하면 암기로 밀어붙이면 어떻게든 될 거야."

"수학에서 그렇게 하면 아무 의미도 없는데 말이지~."

"괜찮아. 목적은 보충학습을 피하는 거니까."

느긋하게 있다가 가~. 료 군은 그렇게 말하며 거실 쪽으로 가버렸다.

나는 곧바로 집 안으로 들어가서 2층에 있는 마나의 방으로 들어갔다.

원피스를 벗자 '왜애?!'라며 마나가 놀라고 있었다.

"왜냐니, 뭐가?"

"왜 안에 오늘 산 수영복을 입고 있는 거야?"

"그래도……, 마나가 준 이 옷, 팬티가 보여버리니까."

"수영복이라면 부끄럽지 않다는 거야?"

"응."

치마가 평소보다 짧다는 걸 깜빡하고 가리는 걸 잊어버릴 것 같거든, 나.

"정말, 그냥 보여주라고☆"

"싫어어."

내 반응을 이미 예상하고 있었는지 마나가 깔깔대며 웃었다.

종이봉투에는 내가 원래 입고 온 옷이 들어있기에 차례대로 꺼내기 시작했다. 그런데———.

"어라?"

"왜 그래? 히나."

"……속옷이 없어."

마나의 눈이 날카롭게 빛났다.

"설마……, 오늘, 노팬티 노브라로 온 거야?"

"그럴 리가 없잖아!"

"히나는 수학여행 때 목욕탕 같은 곳에 팬티를 두고 와버리는 타입인 거야?"

"헉. 그런 적 있는 것 같기도 하고?!"

"아무리 봐도 가게잖아!"

나는 몸을 웅크리고 빨개졌을 얼굴을 손으로 가렸다.

부, 부끄러워……! 나, 분명 가게에 놓고 왔을 거야…….

"정마아아아아알, 마나가 팬티가 보일 것 같은 원피스를 입히니까아아아아아아."

"에~? 나 때문이야? 그냥 히나가 실수한 거잖아~?"

점원분이 당황하고 있을 텐데. 노팬티 노브라 차림으로 돌아간 사람이 있다고.

"어, 어, 수, 수영복을 훔쳐 간 거라고 생각하면, 어, 어쩌지이이이이?!"

"언제 계산한 거야……, 입은 채로??"

"계산한 다음에, 다들 아직 고르고 있길래 그동안에 피팅 룸을 빌려서······."

"이봐~, 뭘 그렇게 시끄럽게 떠들어~?"

료 군의 목소리가 문 건너편에서 들렸다.

"아, 오빠야~, 내 말 좀 들어봐!"

"마나, 잠깐만!"

지금 열어버리면, 나 지금 수영복―――.

철컥, 마나가 문을 열었다.

"아까부터 왜 그렇게 떠들―――."

료 군과 눈이 마주치자 얼굴이 화악, 빨개진 걸 알 수 있었다.

"멍청아―――, 이상한 타이밍에 열지 말라고!"

료 군은 재빨리 눈을 돌리며 열려 있던 문을 다시 닫았다.

보였어······. 바다에서 처음 선보이려 했던 비장의 수영복······. 서프라이즈 할 생각이었는데······.

"으으으으으으······, 진짜 싫어어어······."

"수영복이니까 괜찮잖아! 세이프!"

"그런 게 아니라고오······."

몸을 웅크리고 앉아 있던 나를 보다 못한 마나가 가게에 전화를 걸어주었다.

"있대. 두고 간 것 같은 팬티하고 브래지어."

아니, 보통 두고 오는 물건이 아닌데 말이지, 그렇게 말하는 마나의 입가가 실룩대고 있다. 살짝 웃고 있었다.

"훔쳐 간 게 아니라고 얘기는 했어?"

"그런 말은 안 했어. 영수증을 가지고 가면 괜찮을 거야."

무슨 염치로 가게에 가야 하지……. 한심하고 창피해서 죽어버릴 것 같아…….

"히나. 훌륭한 사람이 이렇게 말했답니다."

"응?"

"신경 쓰지 마."

"응, 고마워…………."

"누, 눈이 죽었네……, 내가 모르는 히나야."

나는 다시 마나의 원피스를 빌린 다음 안에 수영복을 입은 채 가게로 돌아갔다.

죄송하다는 말을 몇 번 했는지 모르겠지만, 점원분은 자상하게 '주인을 찾아서 다행이네요'라고 미소를 지으며 말해주었다.

……내가 노팬티 노브라 차림으로 가게를 떠났다고 생각하겠지……, 사실이긴 하지만.

나는 모든 감정을 차단한 머릿속 한구석으로 그런 생각을 했다.

⑥ 크랭크 인

재시험에 무난하게 합격하고 무사히 여름방학을 맞이할 수 있다는 걸 안 무렵엔 종업식이 이틀 앞으로 다가와 있었다.

영화의 스타일리스트 겸 헤어 메이크를 마나가 맡고 싶다고 했기에 흔쾌히 받아들였다.

그 녀석, 올해 입학 시험을 준비해야 할 텐데 괜찮은 건가? 그래도 뭐, 마나니까. 성적이 안 좋다는 이야기를 들어본 적이 없으니 아마 괜찮을 것 같다.

토리고에가 만들어준 대본에 간단히 콘티를 적어넣고 있는데 앞자리 의자가 드르륵 움직였다. 누군가가 내 책상에 팔꿈치를 대고 턱을 괴었다.

눈을 들어보니 데구치였다.

"무슨 볼일 있어?"

"쌀쌀맞은 소리 하지 말라고, 타카양~."

수학여행을 계기로 사이좋게 지내게 된 반 남자애. 내가 친구라고 할 만한 유일한 존재일지도 모르겠다.

"나도 뭔가 도울 만한 거 없어?"

"데구치는……, 엑스트라라는 중요한 역할이 있을 텐데."

"엑스트라라고 한 시점에서 중요하지 않잖아."

모순에 곧바로 태클을 거는 데구치.

데구치가 맡은 역할은 교실에 있는 반 친구 L. 물론 넘버링은 A부터 시작된다.

"그게 아니라. 촬영. 힘들잖아?"

"힘들……지 어떨지는 아직 해보지 않아서."

뭐라 말할 수가 없다고 하려던 참에 데구치가 자기 가슴을 엄지손가락으로 가리켰다.

"의지하라고. 친구잖아."

쑥스러워하는 그의 얼굴을 보고 나는 다시 하던 작업을 시작했다.

"그런 말 하면서 부끄럽지 않아? 데구치."

"시끄러워."

어흠, 헛기침을 한 데구치가 진지한 표정을 지었다.

"뭐, 명분은 제쳐두고."

명분이었냐.

"나도 촬영을 돕고 싶다고. 짐꾼이든 뭐든 상관없으니까."

"그런 게 즐겁겠어?"

"타카양만 치사하잖아. 우리 반, 아니, 학교의 투톱하고 즐거운 한여름을 보내려 하다니."

그게 진심이구나.

투톱이란 후시미와 히메지겠고.

멤버를 생각해보니 나 말고는 모두가 여자다. 절반은 소꿉친구하고 여동생이니까 딱히 신경 쓰지 않았지만, 남자가 한 명 정도 더 있는 게 나도 마음이 편해서 좋을지도 모르겠다.

"그럼 내 확성기를 해줄래?"

"확성기?"

"본 촬영까지 3, 2, 1 하는 그거나, 컷이나, 오케이 같은 거."

"이봐, 이봐, 그건 감독의 주요 업무 아니야?!"

"아니라고."

감독을 뭘로 보는 거야.

"내가 해도 되긴 하지만, 데구치는 목소리가 큰 편이잖아? 안성맞춤이겠다 싶어서."

"할래, 할래, 할래, 할래!"

신이 난 데구치가 얼굴을 들이댔기에 나는 그걸 가로막아 손으로 붙잡고는 밀어냈다.

"알았어, 알았다고. 나중에 간단한 스케줄을 메시지로 보낼 테니까."

"오키!"

오케이라는 모양이다.

수학여행 이후로 데구치와는 이렇다 할 접점이 없었기에 이야기를 나눌 기회가 매우 줄어들었지만, 다시 즐겁게 지내면 좋을 것 같다고 생각했다.

비교적 평온하게 흘러간 이틀 동안, 나는 만화를 읽거나 영화를 보면서 장면의 이미지를 굳혀나갔다.

가끔 메모를 하면서 대본에 구도에 대한 아이디어를 적기도 했다. 그 작품의 그 장면처럼———이라는 느낌으로. 베끼는 거라고 하면 그럴지도 모르겠지만, 아직 배우고 있는 도중이니 그런 부분은 관대하게 봐줬으면 좋겠다.

학교는 오전 수업만 하고 끝났고, 내일부터는 드디어 여름방학.

냉방이 잘 되는 전철을 타고 집에 가던 와중에 후시미가 대본 첫 페이지를 펼쳤다.

대본 전체에는 후시미 나름의 메모가 적혀 있고, 저번 주에 받은 건데도 벌써 많이 구겨져 있었다.

이 장면은 어떻게 할까, 그 장면은 어떻게 할까. 그런 연기에 대한 의논도 꽤 자주 했었다.

"내일부터구나."

"여름방학인데 또 학교에 가다니."

"불안하긴 하지만, 두근거려."

나도 동감이다.

히메지 덕분에 빌린 기재의 사용 방법도 거의 파악했기에 당일에 문제가 없는 한 괜찮을 것이다.

"히나, 오늘 낮부터, 괜찮은가요?"

같이 하교하던 히메지가 후시미에게 물었다.

"응. 물론이지. 나야말로 잘 부탁해."

"어? 뭔데?"

내가 묻자 히메지가 쌀쌀맞게 말했다.

"료는 몰라도 되는 거예요."

"대본 읽기. 아이가 대사를 맞춰보는 연습을 하고 싶대."

후시미가 쉽사리 말해버렸다.

"굳이 안 해도 되는 말을……."

"상관없잖아. 아이도 노력하고 있다는 걸 료 군에게 알려줘."

보아하니, 히메지……, 시험 전에 전혀 공부 안 했다고 하면서 사실 엄청나게 많이 하는 타입이구나?

"벌써 몇 번이나 했거든."

"호오."

뜻밖이네. 무심코 히메지 쪽을 보니, 들통난 게 분한 건지 껄끄러운 표정으로 입을 다문 채 고개를 돌리고 있었다.

히메지는 자신감이 강하니까 그대로 촬영에 들어갈 줄 알았는데 제대로 연습했던 모양이다.

"기특하네."

"억지로 칭찬하지 않아도 돼요. 어차피 서투르니까요."

기어코 삐져버렸다.

놀라게 해주려고 했는데, 라는 조용한 중얼거림이 들렸다.

주연을 걸고 몇 번 벌였던 연기 대결은 참패했으니까……. 자존심에 상처를 입은 모양이다.

발안자인 후시미는 물론이고 토리고에와 히메지까지, 모두가 할 수 있는 걸 최대한 해보려고 노력하는 게 느껴진다. 촬영을 대충 할 생각은 없었지만, 한층 더 각오를 다졌다.

그렇게 영화를 찍기로 한 이후 시간이 꽤 지난 이제서야 촬영 첫날을 맞이하게 되었다.

여행용 가방에는 화장 도구가 잔뜩 들어있고, 드르르르르륵, 시끄러운 소리를 내는 캐리어에는 의상이 엄청나게 많이 들어있다.

의상이라고 해야 하나, 마나의 보물인 사복이다. 마나가 말하기를 평상복이 2군이라면 오늘 가져가는 옷은 주전 선발 멤버란다.

"그렇게 많이 필요해?"

"만약에 필요해지면 가지러 돌아가야 하는데 귀찮잖아."

촬영 장소인 학교까지 소꿉친구 두 명과 타카모리 남매, 그렇게 넷이서 향했다.

우리는 교복 차림이지만 마나는 사복 차림이기에 더더욱 눈에 띄었다.

어제 촬영 예정 장면을 가르쳐주었으니 옷이 그렇게 많이 필요하진 않을 텐데. 학교 안에서 찍는 장면이니까 전부 교복이고.

역에서 내리고 나서 잠시 후 학교 건물이 보이기 시작했다.

크흐흐, 마나가 슬쩍 웃었다.

"오빠야랑 히나 같은 사람들이 다니는 학교지~. 기대된다."

"마나는 입학 시험 어떻게 할 건가요? 지망 학교는 이미 정했나요?"

히메지가 묻자 마나는 고개를 저었다.

"아니, 전혀."

"우리 학교로 와, 마나."

후시미가 그렇게 말했지만, 마나는 어떻게 할까~, 라며 확실하게 밝히지 않았다. 신경 쓰이는 학교가 따로 있는 걸지도 모르겠다.

학교 안으로 들어가서 두리번거리는 마나와 함께 교실로 향했다.

집합 시간 10분 전.

오늘 참가할 사람들은 이미 와 있으려나.

안을 들여다보니 반 친구들 열 명 정도가 모두 와 있었다. 토리고에와 데구치도 있다.

교실 장면이라고 해야 하나, 복도를 지나가거나 친구 역할을 맡을 사람들이기에 오늘은 이 정도다. 수업 중 장면일 땐 나를 제외한 반 친구 모두와 와카도 참가하게 된다.

"안녕~."

"안녕하세요."

후시미는 오늘도 변함없는 미소로 교실로 들어갔고, 히메지도 딱히 목적 없어 보이는 인사를 하며 뒤를 따랐다.

드문드문 인사가 돌아오다가 나와 마나가 들어가자 모두가 웅성거렸다.

"갸루다."

"어디 고등학교 애야?"

"귀엽다…….."

갑자기 정해진 역할이었기에 내가 마나를 소개해 주었다.

"헤어 메이크 겸, 스타일리스트로서 여동생인 마나가 협력해주게 되었습니다."

마나가 긴장한 듯한 표정으로 고개를 숙였다.

"아, 자, 잘 부탁드립니다…….."

기대된다~, 하던 아까 그 기세는 어디 갔어?

내가 다시 장면에 대해 설명하는 동안 마나와 후시미, 히메지는 다른 곳에서 화장을 하기로 했다.

둘 다 화장에 힘을 주는 경우가 별로 없었기에 각자 대충하는 것보다는 마나처럼 잘 아는 녀석이 감수해주는 게 더 좋은 모양이다.

토리고에에게 눈짓으로 확인한 다음, 설명을 마치자 데구치가 재빨리 손을 들었다.

"감도옥."

"왜?"

"반 친구 L이 나설 차례를 주셨으면 좋겠는데요."

"엑스트라 L은 오늘 나설 차례가 없어. 대본에도 없었잖아."

"일부러 엑스트라라고 정정해서 말하지 말라고."

후시미나 히메지와 엮이는 장면을 찍고 싶은 거겠지만, 개인의 요구사항을 다 들어주다가는 끝이 없을 테니까…….

내가 뭐라고 해야 하나 고민하고 있자니 토리고에가 곧바로 이야기를 꺼냈다.

"촬영 진행에 방해되니까, 엑스트라 L은 이제 말하지 마."

확실하게 못을 박아버렸다.

"우리도 꽤 생각해서 정한 거니까……, 저기……, 미안."

오케이~, 오케이~, 데구치가 손을 흔들며 그렇게 말했다.

"오히려 왠지 고맙네. 토리고에 씨의 츤과 데레를 한번에 맛본 것 같은 느낌이 들어."

데구치, 너, 참 속 편한 성격이구나.

아니, 그런 제안은 내가 거절해야 하는데 토리고에에게 떠넘겨

버렸네.

고마워, 토리고에.

불만을 드러내는 사람이 있을 수도 있다. 그 불만이 토리고에에게 넘어가지 않게끔 해야지. 감독은 나니까.

"여러 가지 의견이 나올지도 모르겠지만, 우리도 다 채용해줄수는 없어."

뒤늦게나마 나도 한마디 해두었다.

히로인 두 사람을 살펴보려는 건지 데구치가 자리에서 일어나교실을 나서고, 복도에서 감탄하는 목소리가 들렸다.

"호오오오오. 짱이네, 짱마나."

"그치~! 좀 더 칭찬하라고."

마나의 화장이 어떻게 마무리됐는지 교실에 있던 사람들이 이야기를 들은 순간 문이 열렸다.

"주인공인 '시바하라 히로노' 역, 후시미 양 입장입니다~."

데구치가 그럴싸하게 안내해주자 후시미가 들어왔다.

"잘 부탁드립니다!"

평소에 화장을 하지 않아서 그런지, 아니면 하는데도 안 한 것처럼 보여서 그런 건지, 마나가 확실하게 해준 화장 덕분에 눈이크게 보이는 것……, 같은 느낌이 든다.

그 때문인지 눈동자가 더 빛나는 듯한 느낌도 들었다.

그녀는 표정으로 의욕을 가득 보이고 있었다.

"그 뒤를 이어, '아키야마 에리' 역, 히메지마 양 입장입니다."

"잘 부탁드립니다~."

히메지가 시원스럽게 들어왔다. 이쪽도 마나의 실력으로 인해 빛? 오라? 같은 게 눈에 보일 것 같은 상태였다.

히메지는 어디까지나 자연스러운 느낌이었다. 촬영이라는 것 자체에 우리보다 익숙하기 때문일 것이다.

이렇게 보면 마나는 캐릭터의 성격을 파악하고 있는 것 같기도 하다. 우연일지도 모르겠지만, 화장이 그런 느낌이었다.

지금 여기 있는 사람은 '시바하라 히로노'와 '아키야마 에리'라는 분위기를 풍기고 있다.

아니, 실력 좋잖아, 마나.

나중에 칭찬해 줘야지.

다시 첫 장면 설명을 하다가 문득 눈치챘다.

두 사람이 등장하고 나서 교실에 긴장감이 도는 것 같은데…….

아마 주연 때문이 아닐까. 후시미는 무슨 전투민족처럼 의욕이라고 해야 하나, 기백을 응축시킨 오라를 뿜어내고 있다.

영화를 찍자고 말을 꺼낸 사람이기도 하고, 연기를 배우고 있기 때문이기도 하겠지.

주인공으로서의 책임감이 팍팍 느껴진다.

"처음 몇 번 정도는 NG가 나와도 상관없으니까 마음 편하게 가보자. 나도 제대로 찍는 건 처음이고……, 그러니까 실수해도 괜찮아."

내가 모두에게 말하자 후시미가 고개를 끄덕였다.

"응! 그렇지……!"

살기를 거두라고. 눈이 번뜩이잖아. 누구 죽이러 가냐.

후후후, 히메지가 웃었다.

"히나, 혹시 찍히는 건 처음인가요?"

"그게 왜."

"그런 당신에게 이 말을 선사하죠."

히메지가 미소를 지으며 후시미의 어깨를 툭, 두드렸다.

"'힘 빼라고, 초보'."

이런 상황에서 기세를 제압하려 하지 말라고.

"히메지, 일이 귀찮아지니까 이상한 말 하지 마."

"네에~."

그러고 보니 이 두 사람은 툭하면 경쟁하려 했었지.

맡은 역할도 그렇고, 현실에서도 서로 의식한다는 의미로는 딱 맞는 캐스팅이었을지도 모르겠다.

갈 길이 멀다. 아마 예정대로 진행되지는 않겠지…….

끝나고 보니 촬영 예정이었던 분량의 절반도 찍지 못했다.

후시미와 히메지가 툭하면 부딪혔기 때문이기도 했고, OK라고 했는데 후시미가 고집을 부렸기 때문이기도 했고, 엑스트라 역할을 맡은 애가 혀를 깨물거나, 데구치가 이상한 애드리브를 치거나, 내가 촬영하다가 실수를 하거나…….

첫날이라 그런지 실수나 의욕이 과한 경우가 많았다.

히메지의 연기는 후시미와 연습을 해서 그런지 저번에 봤을 때보다 훨씬 개선되어 있었다. 적어도 대사가 국어책 읽기 같은 느낌은 아니었다.

점심을 먹으며 쉬었다가 하긴 했지만, 피로가 보이기 시작했기에 촬영 환경이 바뀌어버리는 저녁이 되기 전에 첫날 일정을 마치기로 했다.

"오빠야, 이래서 제때 끝낼 수 있겠어?"

거실에서 촬영한 동영상을 확인하고 있자니 마나가 앞치마를 두르며 이쪽으로 다가왔다.

"제때……, 끝나려나…….."

"불안하기만 한데."

"아, 맞다. 마나가 해준 화장, 평가 좋더라."

"당연하지."

마나는 쑥스럽게 웃으면서 부엌 쪽으로 가버렸다.

패션 잡지를 열심히 읽는 모습을 보곤 했으니, 어쩌면 진로를 그쪽으로 생각하고 있는 건지도 모르겠다.

부우웅, 테이블 위에 올려두었던 휴대폰이 진동했다. 메시지 같아서 내버려 두었는데도 진동이 멈추지 않았기에 살펴보니 히메지가 건 전화였다.

"여보세요. 무슨 일이야?"

『오늘 고생 많으셨어요.』

"아, 응. 너야말로 고생했지. 연습해서 그런지 연기가 꽤 좋아졌던데."

『정말인가요?』

"정말이야, 정말."

『제 성장 가능성을 료에게 보여준 모양이군요.』

의기양양한 표정을 짓는 모습이 눈에 선하다.

『그건 그렇고. 저번에 마츠다 씨에게 부탁했던 아르바이트 연락이 왔어요.』

"어? 진짜?"

그냥 그때만 하고 넘어간 이야기 같은 느낌이라 가능성이 별로 없을 줄 알았는데.

『아직 찾고 있나요?』

"응. 시간이 없어서 구체적인 건 정해진 게 없어."

『그럼 다행이네요. 내일 오후 1시에 사무소로 와줬으면 한다네요. 마츠다 씨가요.』

"알겠어. 뭘 하는 아르바이트인데?"

『일을 도와달라고만 하던데요.』

일을 도와달라고?

구체적인 건 잘 모르겠지만, 모처럼 연락해줬으니 거절할 이유가 없었다.

"타카모리입니다."

히메지가 저번에 했던 것처럼 나는 접수처 전화로 수화기 너머에 있는 여자분에게 자기소개를 했다.

"마츠다 씨……, 사장님께 연락을 받았는데요. 아르바이트요."

그제야 알아챈 건지 수화기 너머에 있던 여자분이 '잠깐만 기다려요'라고 말하고 전화를 끊었다.

5분 정도 기다리자 사장실에서 마츠다 씨가 나왔다.

"료 군, 오래 기다렸지~."

"잘 부탁드립니다."

여기선 료 군이라고 불리는 건가.

요즘은 그렇게 부르는 사람이 후시미밖에 없어서 마츠다 씨가 그렇게 부르니 위화감이 엄청나다.

"일을 도와달라고 들었는데요."

"그렇지이."

중요한 급료는 하루에 8000엔이라고 한다.

엄청나게 많이 주네.

나한테 뭘 시킬 생각이지……?

내가 걱정하고 있다는 걸 눈치챘는지, 마츠다 씨가 이쪽으로 오라며 손짓했다.

사장실까지 따라가자 방금 준비한 듯한 작은 책상과 의자, 그리고 노트북이 구석에 놓여 있었다.

마츠다 씨는 닫혀 있던 노트북을 열고 전원을 켰다.

"료 군, 이런 거 잘 다뤄?"

"다른 사람들만큼은요."

"난 전혀 못 다루거든. 직원들도 자기 일 때문에 바빠서 곤란하던 참이야."

"네에……."

마츠다 씨는 메일이나 메시지로 관계자들에게 사무 연락을 해줬으면 하는 눈치였다.

뭘 시키려나 싶었는데, 그 정도면 나도 할 수 있을 것 같다.

"예전에 사람을 고용했었는데 저번 달에 그만둬 버렸단 말이지. 새로 사람을 뽑지 않아도 괜찮지 않을까~, 싶었는데 전혀 그렇지 않았어. 불편하고, 일도 엄청 밀려버렸거든."

마츠다 씨는 곤란하다는 듯이 웃으며 고개를 저었다.

그래서 내가 아르바이트를 찾고 있다는 이야기를 듣고 그게 바로 생각난 모양이었다.

받은 메일을 확인하고, 내용을 마츠다 씨에게 전하고, 그가 말한 내용을 메일로 답장.

이게 주된 업무가 될 것 같다.

"나는 이쪽에서 다른 일을 할게."

마츠다 씨는 그렇게 말한 다음 자기 자리에 앉아서 펜과 종이를 들고 뭔가 적기 시작했다.

나는 지시받은 대로 메일을 띄운 다음 마츠다 씨에게 내용을 전달하고, 그가 말한 대로 답장 메일을 보내는 작업을 반복했다.

"……어라? 어머, 료 군, 비즈니스 메일도 보낼 수 있어? 그 왜, 그거잖아. 요즘 애들은 메시지밖에 모르잖아?"

"뭐, 그렇죠. 비즈니스 쪽은 잘 모르지만, 전임자분이 보냈던 메일을 복붙해서 내용을 바꾸고 있어요."

"잘 모르는 주문 같은 단어가 섞여 있지만, 아무튼 할 수 있다는 거구나."

주문? 복붙 말인가??

"네. 한번 확인해주시겠어요?"

메일을 받는 상대는 분명 거래처일 테니 실례가 되지 않게끔 주의하고 있긴 하지만, 제대로 한 건지 모르겠다. 그럴싸한 분위기로 쓰고 있는 것 같긴 한데.

전임자가 실수를 했다면 나도 마찬가지로 실수를 하게 된다.

나는 노트북을 들고 마츠다 씨에게 가서 화면을 보여주었다.

"흐음. 흐음……. 어머나, 능력 있는 남자네……, 두근거려버려."

그러지 마. 두근거리지 말라고.

다시 자리로 돌아와 작업을 하다 보니 잡담을 하면서 진행할 수 있을 정도로 익숙해졌다.

"히메지, 그만두기 전에 몸 상태가 그렇게 안 좋았나요?"

"그래애. 그래서 이번에 이제부터 어떻게 할지, 어떻게 하고 싶은지 이야기를 나눴단다. 저번에 만났을 때는 그럴 상황이 아니었으니까."

그렇게 안 좋았었나. 그 녀석한테 병약한 이미지는 전혀 없었는데.

"당시에는 정신적으로 좀 힘들었거든. ……그래도 이미 내가 알던 아이카로 돌아왔어. 아마 그건 료 군 덕분일 거야."

"전 딱히 뭔가 한 기억이 없는데요."

"그게 그 애에게는 바람직하게 작용했던 거겠지. 마이너라고는 해도 인기가 꽤 있었으니까 아깝다는 말을 들은 적도 있긴 하지만, 쉬게 하길 잘한 거야."

"그렇게 인기가 많았나요?"

"몰라?"

마츠다 씨가 깜짝 놀랐다.

그는 부스럭부스럭, 책상 서랍을 뒤지더니 DVD로 보이는 디스크 한 장을 꺼냈다. '벚꽃빛 모멘트 라이브 영상'이라는 문구와 개최일로 보이는 날짜가 펜으로 적혀 있었다.

"이거, 줄게."

"감사합니다."

그가 내민 디스크 케이스를 받았다.

아이돌이었던 히메지. 그녀가 이 안에.

저번에 노래방에서 보여주긴 했지만, 공백기가 있어서 그런지 돌아가던 도중에 '제 진짜 실력은 그 정도가 아니니까요'라고 했었다.

"무슨 영향을 받는지는 모르겠지만, 연기에 흥미가 있다고 하네."

"연기 말인가요."

"뭐, 여자애가 생각하는 것 정도는 뻔히 보이니까 전부 다 말하진 않겠지만, 어째서 그렇게 되었는지 예상하는 건 간단하지."

"오디션 이야기요?"

"아이카에게 들었니?"

"네. 도전하겠다고 하면서 멋진 표정을 짓던데요."

"그래. 그런 표정을 지을 정도로 회복해서 정말 다행이야."

뭔가 회상하고 있는 것 같은 마츠다 씨가 하늘을 바라보았다.

아무래도 히메지가 걱정을 많이 끼쳤던 모양이다.

"──밖에 없단 말이지."

그가 조용히 중얼거린 말을 나는 알아듣지 못했다. 마츠다 씨를 보자 쓴웃음을 지으며 고개를 저었다.

"누군가에게 인정받기 위해서는 한 발짝 내디딜 수밖에 없단 말이지, 라고 한 거야."

⑦ 바다와 푸른 충동

그 이후로 마츠다 씨네 회사에서 일을 몇 번 도왔다. 월급을 받기로 한 것도 아니고, 회사를 다니는 것도 아니었기에 하루 일을 끝낼 때마다 마츠다 씨가 지갑에서 돈을 꺼내 내 급료를 지불해주었다.

아마 아는 사이라 특별히 많이 챙겨준 게 아닐까.

오후 1시쯤에 가서 밤까지 일하는 경우가 많아서, 덕분에 금방 중고 컴퓨터를 손에 넣을 수 있었다.

"가지고 싶은 거라도 있니?"

몇 번째였을 땐지 기억이 잘 나지 않지만, 마츠다 씨가 돈을 주면서 내게 물은 적이 있다.

"컴퓨터를 가지고 싶어요."

"오래된 거라도 상관없으면 사무실에 안 쓰는 게 있는데? 그거라도 괜찮다면 가지고 가렴."

솔직히 그 제안에 마음이 흔들렸지만 거절했다. 스펙이 어쩌고 저쩌고 같은 건 잘 모르지만, 내 손으로 내 컴퓨터를 사기 위해서 시작한 아르바이트니까.

"어린데도 기특하네."

그 말을 들은 마츠다 씨가 감탄했다.

내가 산 컴퓨터는 조금 어려운 장난감 같은 느낌이었다.

진도가 그럭저럭 나가고 있는 촬영 데이터를 넣고, 구입한 동영상 편집 소프트로 데이터를 손보기 시작했다.

음악은 밴드 활동이나 피아노 연주를 하는 반 친구에게 네 곡 정도 부탁했다. 나중에 편집해서 넣을 예정이니 여름방학이 끝날 때쯤 받으면 될 것이다.

처음에는 무료로 공개된 곡을 쓸 생각이었지만, 후시미가 꺼려 했다. 저렴하게 느껴지기도 하고, 반 친구 중에 할 수 있을 것 같은 애가 있으니 부탁했으면 좋겠다면서.

아마 큰 비중을 차지하고 있는 건 후자겠지.

반 친구들의 취미나 특성을 알고 있는 후시미였기에 떠오른 생각이었다.

엑스트라나 배경을 맡는 연기자, 자잘한 촬영 보조, 음악 등 다양한 분야에 반 친구들이 참여하고 있다. 완성되려면 아직 멀었지만, 이 시점에서 모두가 참가하고 있는 것이다.

"아, 아직 하고 있네~."

책상 위에 있는 화면과 눈싸움을 하고 있자니 어느새 마나가 방문을 열었다.

"무슨 볼일 있어?"

"오빠야, 내일은 일찍 일어나야 하잖아. 저번처럼 늦잠 자면 큰일이라고. 일어나지 않으면 죽을 때까지 뺨을 때릴 거야."

화면 안에 있는 시계를 보자 벌써 밤 12시가 넘은 시간이었다.

"벌써 시간이 이렇게 되었나?"

내일은 바다에 가는 날이기에 일찍 일어나야 한다는 사실이 그제야 생각났다.

"바로 옆 바다에 가도 되는데 말이지."

그럴 생각이었지만, 촬영반……, 주로 후시미와 토리고에가 강하게 거부했다.

『모처럼 가는 거니까 멀리 가자.』

이런 것에 관심이 없어 보이던 토리고에도 후시미의 의견에 찬성했다.

굳이 멀리 갈 필요가 있나? 나는 그렇게 생각하며 마음속으로 고개를 갸웃거렸지만, 데구치와 마나도 찬성했기에 소수파는 묻히는 형태가 되었다.

"마나야말로 이런 시간까지 뭐 하고 있었는데."

"당연히 도시락을 싸고 있었지."

도시락이 필요한가??

"바다 근처에 편의점 같은 게 있을 텐데. 포장마차 같은 데서 먹어도 되고."

"아침 일찍 출발하니까 도착하기 전에 배가 고프잖아! 오빠가!"

나를 걱정한 거냐.

"전철 안에서도 먹을 수 있는 도시락이야."

그런 건 걱정 안 해.

찬합이라도 싸갈 생각이었냐고.

"일단 다른 사람들 몫까지 싸다 보니 양이 많아져 버려서."

내일 갈 멤버는 타카모리 남매와 소꿉친구 둘에, 토리고에, 시노하라, 데구치까지 일곱 명.

배경 역할은 시노하라와 데구치에게 맡기기로 했기에 다른 엑스트라는 없다.

그렇게 많은 사람들이 먹을 도시락을 쌌으니 늦어질 만도 하겠네.

컷 수도 그렇게 많지 않으니 오전 중에 시작하면 늦어도 낮에는 끝날 예정이다.

"오빠야는 그냥 내버려 두면 아침까지 그러고 있을 것 같으니까 내가 재워줄게."

"아니, 됐어. 잘게. 잔다고."

왜 여동생에게 그런 신세까지 져야만 하는 건데.

내가 나이 차이 많이 나는 남동생도 아니고.

마나가 내가 잘 때까지 나가려 하지 않았기에 나는 데이터를 저장하고 컴퓨터를 끈 다음, 침대에 누웠다.

잠이 덜 깨서 멍한 목소리로 나는 마나에게 불평했다.

"야, 마나……, 만화처럼 볼에 손자국이 생겼잖아……."

"오빠야가 안 일어나니까 그렇지."

야한 짓을 하려다가 얻어맞은 남자 같아서 엄청 창피한데.

아침. 마나는 선언한 대로 내 뺨을 때려서 깨워주었다.

잘 돌봐주는 착한 여동생이다……, 손자국만 안 남았다면 말이지만.

"다섯 시라니, 인간이 일어날 시간이 아니야……."

뇌는 아직 3할도 깨어나지 않았다. 재촉당하며 옷을 갈아입고 이를 닦고 나서야 내 얼굴에 벌어진 참상을 눈치챘다.

이런 얼굴로 오늘 하루를 지내야 하는 거야? 벌칙이나 마찬가지잖아.

내가 불평하고 있자니 죄책감이 조금 들었는지 마나가 '파운데이션으로 가려줄게'라며 툭툭, 볼에 난 손자국을 지워주었다.

역시 이쪽 담당. 확실하게 나 있던 자국이 미리 알고 있지 않으면 알아보지 못할 수준까지 사라졌다.

그러던 와중에 후시미와 히메지가 와서 우리는 준비를 마치고 집을 나섰다.

몇 번 환승할 필요가 있을 정도로 멀리 있는 바다로 간다.

역으로 가는 도중에 후시미와 히메지의 짐이 꽤 많다는 걸 눈치챘다.

"뭐가 그렇게 많아?"

후시미가 밀짚모자처럼 생긴 가방을 열고 안을 보여주었다.

"돗자리하고, 비치볼하고, 고글하고, 튜브하고———."

놀 생각이시군요, 후시미 양.

오늘 입고 온 옷은 뜻밖에도 평범했다. 티셔츠에 반바지, 그리고 샌들. 응, 평범하네. 후시미, 성장한 건가……?

의아해하고 있자니 마나가 작은 목소리로 '내가 시켰어. 아침 일찍부터 충격적인 영상을 보고 싶지 않으니까'라고 말했다.

마나는 정말 재주가 좋구나.

"히나……, 그런 걸 가지고 왔나요?"

나를 대신해 말해준 히메지가 어이없다는 듯이 한숨을 쉬었다.

"깜빡한 거 없나요?"

"뭘?"

후시미가 고개를 갸웃거렸다.

"튜브와 비치볼에 공기를 넣을 펌프요."

"앗. 깜빡했어~!"

숨을 불어넣어도 되긴 하지만, 그거 상당히 힘들단 말이지.

후시미가 당황하자 히메지가 손을 들며 진정하라는 듯 말렸다.

"괜찮아요. 제가 확실하게 챙겨왔으니까요."

너도 놀 생각이었구나.

마나는 도시락 말고도 화장 도구나 필요할 것 같은 의상을 몇 가지 챙겼다. 나는 촬영 도구 세트를 챙겼고.

"……히나, 오늘은 입고 오지 않았지? 안에."

"어? 입었는데?"

후시미가 티셔츠를 슬쩍 올리자 수영복 같은 게 보였다.

"에휴~. 삼국 제일의 미소녀로 이름난 히나가……, 왜 그렇게 촌스러운 짓을……."

삼국이 어딘데.

"초등학생 같아서 귀엽네요."

히메지가 칭찬 같은 디스를 살짝 날렸다.

"사, 상관없잖아. 탈의실에는 모르는 사람이 잔뜩 있을 테니까, 싫어."

"몸이 그러니 다른 사람들이 보는 게 싫긴 하겠죠."

"아이, 그 치마 올려 버린다? 료 군 앞에서. 펄럭."

"그건 진짜 초등학생 같아요."

아침부터 벌써 투덜거리기 시작했다.

"괜히 건드리지 마, 히메지."

나는 그렇게 말하며 시비를 건 히메지를 나무랐다.

역에 도착한 다음, 전철을 탄 우리는 다른 세 사람과 합류하기로 한 역으로 향했다.

"아침에 너무 일찍 일어나서 죽는 줄 알았네."

밀짚모자를 쓰고 선글라스를 낀 남자가 말했다. 손에는 마나가 만들어준 주먹밥. 랩을 벗기고 냠냠 먹고 있었다.

"동감이긴 한데."

나와 후시미, 히메지와 마나는 역에서 토리고에, 시노하라, 데구치와 합류해서 한산한 전철 통로를 사이에 두고 박스석에 앉아 있었다.

"데구치, 그 차림새는 뭐야."

민무늬 반바지에 비치 샌들을 신고 있다.

"뭐냐니, 바다에 갈 때는 당연히 이거지."

당연한 모양이다.

하반신은 뭐 이해가 되는데, 선글라스를 쓰고 으스대는 모습을 도저히 못 봐주겠다. 의욕을 너무 드러내고 있다고 해야 하나, 뭐라고 해야 하나…….

패션 경찰인 마나도 그건 무시했다. 그냥 흥미가 없을 뿐인 건지도 모르겠지만.

이런 차림으로 배경 역할을 하면 너무 튀니까 나중에 마나하고 의논해서 갈아입혀야겠다. 개성이 없는 내 예비 옷도 일단은 챙겨온 것 같으니까.

"오늘도 짱마나 밥이 맛있네."

그것도 동감이다. 주먹밥 여러 종류에, 거기에 어울릴 만한 반찬을 몇 가지 해왔다.

다들 몇 개씩 먹었기에 벌써 도시락이 텅 비었다.

"마나마나, 여전히 음식 솜씨가 좋네."

토리고에가 말했다. 토리고에와 시노하라는 이쪽 박스석. 저쪽에는 히메지, 후시미, 마나 셋이 앉았다.

""마나마나?""

"그렇게 부르라고 해서."

마나는 토리고에를 시즈라고 부르니까 저항감이 없어진 건지도 모르겠다. 마나에게는 아예 그런 장벽이 없는 거겠지.

"휴우……, 긴장되네."

끙끙거리며 한숨을 내쉰 시노하라의 안색이 창백했다.

"히메 님과 함께 연기를 하게 되어버리다니."

"거창하게 생각하는 건 시노하라 뿐이니까, 너무 신경 쓰지 말라고."

"거창하게 생각하지 않는 네가 이상한 거야."

시노하라는 내게 눈을 흘기며 쓴소리를 했다. 갑자기 나한테 칼끝을 들이대지 말라고.

"잠깐 이야기를 하는 것뿐이니까, 그렇게 긴장하지 않아도 돼."

정말 좋아했던 아이돌, '아이카'와 엮인다———, 그 모습이 영상으로 남는다. 가슴이 벅차서 죽을지도 모르겠어, 라며 오늘의 배경 역할을 맡게 된 시노하라가 소리쳤다.

"아, 밉살스러워……, 후시미 양에 히메 님하고도 소꿉친구였다니."

시노하라는 손수건이 있었다면 물어뜯었을 기세였다.

"나는 어찌 되든 상관없으니까, 히메 님만이라도 행복해졌으면 좋겠어……."

히메지에 대한 온도 차가 너무 커서 엄청 곤란하다. 무슨 말만 하려고 하면 시비를 거니 정말 골치 아픈 팬이다.

옆쪽 박스석에서는 후시미가 창밖을 보며 떠들고, 히메지가 나무라고, 마나가 뭔가 발견해서 나머지 두 사람이 뭔가 입을 여는 걸 계속 반복하고 있었다.

마나가 사이에 있으니 그렇게까지 심하게 다투지는 않는 모양이다.

"바다다~! 바다, 바다! 오빠야, 바다, 바다!"

"나도 알아, 보이니까."

마나가 계단을 내려가서 모래사장을 사박사박 뛰어갔다.

"바~~다~~~~~!"

후시미도 마나를 쫓아갔다.

역에 도착해 한동안 걸어간 우리는 그제야 모래사장에 도착했다.

장소는 후시미와 토리고에게 맡겼기에 나는 참견하지 않았는데, 정말 한적한 곳이다.

길가에 있는 화장실 옆에는 낡은 자판기 두 대가 나란히 있었다.

근처에는 편의점도 없고 포장마차도 지금은 영업을 하지 않는 건지 파란 시트를 걸쳐두었다.

탈의실이 없는데……, 안 보이기만 하면 되는 건가?

아직 이른 아침이라 그런지 사람도 거의 없었다.

북적대는 것보다는 촬영하기 편해서 좋긴 하지만, 대체 왜 여기로 정한 거지?

후시미가 곧바로 진지를 만들고 있었다. 돗자리를 깔고, 바람에 날아가지 않게끔 샌들과 가방을 구석에 놓았다.

"아이, 공기 넣는 거, 얼른~!"

"네~, 지금 갈게요~."

놀 생각밖에 없네.

"아, 좋네……, 들뜬 미소녀, 바다, 태양……."

어디에 숨겨두었던 건지, 데구치는 부채를 펼쳐서 부치고 있었다.

"타카양, 금방 알 수 있을 거야."

"뭘."

"내가 왜 선글라스를 끼고 있는 건지."

"아무튼 너는 나중에 갈아입힐 거야. 내 무개성 오브 무개성 패션으로."

"엑, 진짜? 이거 의상으로 입고 온 건데에."

그래서 의욕이 넘친 거구나.

"화각에 들어오면 정신 사납다고, 그 옷."

데구치가 으흐흐, 이상하게 웃었다.

"화각이라는데, 미나미."

"감독 행세하고 있네."

"일단은 감독이라고."

나도 나름대로 공부했다니까.

샌들을 벗은 토리고에가 모래사장을 밟았다.

"앗, 기분 좋네⋯⋯."

나도 해보니 정말 기분이 좋았다. 모래 알갱이 하나하나가 발바닥을 부드럽게 자극했다.

후시미와 히메지는 곧바로 비치볼과 튜브에 공기를 넣으려 하고 있었다.

"주연! 촬영부터 해!"

내가 그렇게 말하자 후시미의 여배우 스위치가 철컥, 켜졌다.

"그래⋯⋯, 나는, 주연⋯⋯."

애수에 찬 표정을 짓고 있긴 하지만, 바로 옆에 있는 히메지에게 으스대는 느낌이 슬쩍슬쩍 드러나고 있다.

"얼른 찍고 오시죠. 그동안에 제가 준비를 해둘 테니까요."

"앗, 응, 고마워, 아이!"

그 주연의 화장을 해줄 헤어 메이크 겸 스타일리스트는 파도치는 물가에서 '으갸악~, 젖었어어어! 꺄악꺄악' 하며 매우 들뜬 채 물장난을 치고 있었다.

이거 안 되겠네. 딴생각만 하고 있어⋯⋯. 촬영은 뒷전이고 완전히 딴생각만 하고 있다.

"해야 할 일을 먼저 하자. 놀기만 하면 나중에 골치 아파지니까."

짝짝, 손뼉을 치며 다른 사람들을 재촉했다. 특히 마나. 저 녀석이 후시미에게 준비를 해주지 않으면 촬영을 할 수가 없다.

"네에~."

건성으로 대답한 마나는 돗자리 쪽으로 돌아갔다.

"잘하네. 감독다워."

옆에 있던 토리고에가 바다를 바라보며 조용히 말했다.

"뭐, 그렇지. 말을 안 하면 계속 저러고 있을 것 같으니까."

"데구치 군이나 미이처럼 놀리려는 게 아니고. 저기, 괜찮아 보이는 것 같아서 한 말이야."

"……그거 고맙네."

"타카모리 군은 좀 더 느슨하게 할 줄 알았어."

준비를 할 만한 곳을 찾던 후시미와 마나가 영업을 하지 않는 포장마차 난간으로 올라간 다음, 파란색 시트를 들추고 그 너머로 사라졌다.

"탈의실이 없으니까 마침 잘된 건지도 모르겠네."

그쪽을 못 봐 '응?' 하는 토리고에에게 나는 포장마차를 손가락으로 가리키며 설명하고는 화제를 되돌렸다.

"나도 느슨해지려나 싶었는데, 열심히 하는 사람이 있었으니까 그 영향을 받은 거지."

"히이나 말이야?"

"토리고에 너도 포함돼."

나와 여러 번 회의를 하면서 익숙하지 않은데도 어떻게든 대본을 마무리 지었다. 나는 그 과정을 처음부터 끝까지 봐왔다.

"타카모리 군에게 영향을 줬구나, 내가."

"그렇지."

샌들을 손에 든 채 맨발로 모래사장을 걸어가던 토리고에가 바람에 나부끼는 머리카락을 누르며 고개만 돌려서 이쪽을 돌아보았다.

"있지. 촬영이 끝난 뒤에도 찍어줘."

"뭘?"

"우리 여름. 이제 이 멤버로 이렇게 바다에 올 일은 아마 없을 거야."

다시 이 멤버로 오자, 라는 말은 결코 하지 않았다.

설령 진심이라 하더라도 그런 말을 들어버리면 이 순간이 흔해 빠진 무언가가 되어버릴 것 같았기에. 토리고에도 그렇게 생각한 건지도 모르겠다.

'다시 이 멤버로 오자'라고 했다면 나는 '그래'라고 당연한 듯이 대답했겠지.

실은 부정적인 말이긴 하지만, 나는 그게 정말 토리고에다운 말이라고 생각했다.

"삼각대로 말이지, 카메라 고정시켜서. 타카모리 군도 끼는 거야."

"나도?"

"적어도 내 고등학교 2학년 여름에는 타카모리 군이 껴 있어.

그러니까 같이 찍는 거야."

나는 토리고에와 나란히 돗자리 쪽으로 걸어가기 시작했다.

"열정이 있구나, 사일런트 뷰티도."

"……방금 놀린 거지."

"아니야."

"거짓말."

두 손을 들고 항복 포즈를 취한 내게 토리고에가 모래를 걷어 찼다.

이 지역 사람들은 다들 바다 말고 수영장에 가는 건가? 그런 생 각이 들 정도로 아무도 오지 않았다.

오전이라 그런 건 있겠지만, 그래도 이렇게 한산하진 않을 텐데.

성수기여야 할 포장마차도 문을 닫을 만하네.

후시미가 준비를 마쳤기에 촬영을 시작했다.

한동안 화면에 뜬 '시바하라 히로노'를 응시했다.

어지간히 각오를 다지고 왔는지, 후시미의 연기가 내 예상에 미치지 못한 적은 한 번도 없었다.

"좋아."

나는 그렇게 말한 다음 녹화를 멈췄다.

"오케이~! 라는데, 후시미 양."

확성기 담당인 데구치가 후시미에게 전달했다.

후욱, 표정이 바뀌고 그녀는 후시미로 돌아왔다.

"나도 확인해도 돼?"

"아니, 오케이인데."

"그걸 보고 싶다는 거야."

의욕이 넘치는 건 좋지만, 솔직히 말하자면 이 영화를 찍기 시작한 이후로 후시미에게는 주위 사람들이 따라가지 못하는 분위기가 있었다.

"신경 쓰는 것도 좋긴 한데, 자기만족 아니야?"

같은 컷에서 내가 오케이를 했고, 방금 그게 세 번째.

"으으. 아니야."

나나 히메지, 토리고에가 끼어들지 않으면 이 소꿉친구는 납득이 안 된다면서 그렇게 계속 셀프 퇴짜를 반복한다.

처음 오케이 장면부터 두 번째, 세 번째까지 10초 정도의 컷들을 데구치, 토리고에, 후시미, 내가 다시 확인했다.

"데구치, 차이점을 알겠어?"

데구치는 후시미 쪽을 힐끔 보고는 아는 척했다.

"뭐, 나 정도쯤 되면 말이지."

이 녀석, 후시미 눈치를 보면서 저쪽 편을 드네.

'거봐~'라며 후시미는 의기양양하게 자기 편이 생긴 걸 기뻐했다.

척 봐도 후시미에게 아부하면서 점수를 따려는 행동인데…….

"타카모리 군이 세 번 오케이했잖아."

토리고에가 확인하듯 말했다.

"히이나 마음속에 뭔가 확실하게 바뀌었다는 부분은 있는 거야?"

"있어. 눈의 움직임이라거나, 입의 각도라거나."

"있다 해도 화면으로 알아볼 수 없으면 마찬가지잖아."

끄윽, 후시미가 입을 다물었다. 토리고에답게 돌직구 같은 의견이었다.

"객관적으로 보면 오차 범위 이내니까 타카모리 군이 계속 오케이를 한 거야."

"오차 범위 아니야."

"주관적으로는 말이지."

찌직, 무언가가 갈라진 듯한 소리가 들렸다.

"전체적인 흐름을 자세히 이해하고 있는 사람은 타카모리 군이잖아. 히이나, 첫날부터 너무 혼자 앞서가고 있어."

"그렇지 않다니깐."

"중요한 부분은 아직 많이 남았으니까, 그쪽에 신경 써줬으면 하는데."

꾸우우욱, 다물고 있던 후시미의 입가가 점점 처지기 시작했다.

"아이, 준비 완료~!"

마나의 밝은 목소리와 함께 파란색 시트가 제쳐지고 안에서 의상을 입은 히메지가 나왔다.

……타이밍이 딱 좋네. 바로 화제를 돌려야겠다.

"이 컷은 나중으로 미루고 후시미는 일단 쉬어. 장소에 변화가 없으면 나중에 찍어도 되니까."

후시미의 눈과 눈썹에 힘이 들어가 있다는 걸 알 수 있었다. 그녀는 말없이 고개를 살짝 끄덕이고는 돌아서서 돗자리 쪽으로 걸어가기 시작했다.

토리고에가 한숨을 살짝 쉬자 데구치가 충돌한 두 사람을 번갈아 가며 보았다.

"바, 방금, 내가 잘못한 건가……? 생각 없이 편을 들어서……?"

"방금은 그럴지도 모르겠지만, 계속 쌓여 있던 문제였으니까 너무 신경 쓰지 마."

내가 그렇게 정리하며 이야기를 끝내려 했지만, 토리고에는 생각보다 열이 오른 모양이었다.

"히이나는 저래 봬도 자의식이 강한 유아독존 공주님이니까, 받아주다간 계속 하고 싶은 대로 할 거야."

토리고에의 칼끝이 이번에는 내 쪽으로 향했다.

"그렇게 받아주고 있진 않아."

"……미안. 뭔가 자꾸 트집을 잡게 되네."

그런데 시노하라는 어디까지 간 거지? 음료수를 사러 간다고 하던데.

"미이가 부르니까, 다녀올게."

연락이 온 건지, 토리고에가 휴대폰을 보더니 촬영 현장을 떠났다.

히메지 단독 장면은 그렇게 많지 않았기에 20분 정도 만에 끝났다.

히메지는 시노하라가 사서 토리고에와 함께 가지고 온 주스를 마셨다. 동영상을 체크하고 있던 내게 조용히 물었다.

"분위기가 안 좋았던 것 같은데, 히나 때문인가요?"

"잠깐 의견이 충돌했어."

짐작한 히메지는 '이러니까 초보는'이라며 기세를 제압하는 것도 잊지 않았다.

"팀으로 움직이고 있으니까, 혼자 앞서가면 미움만 받고 튀게 되죠."

역시 그룹을 짜서 춤추며 노래하는 활동을 해온 아이돌 출신은 하는 말이 다르네.

"제 연기, 어땠나요? 첫날부터 따지면 오늘이 엿새째 촬영인데요."

"후시미하고 비교하면 차이가 있긴 하지만, 괜찮은 것 같아."

"그런가요, 그런가요."

그 말을 기다렸다는 듯이 히메지가 만족스러워하며 고개를 끄덕였다.

뮤지컬 오디션을 보겠다고 했던 건 혹시 이번 영화 때문에 연기에 흥미를 지녔기 때문 아닐까?

"다음, 엑스트라하고 '아키야마 에리'가 같이 나오는 장면이야."

부드러웠던 시노하라의 표정이 딱딱하게 굳었다.

"시노하라, 괜찮아. 부끄럽다고 생각하지 마. 너는 엑스트라야. 중2병 행세를 하는 것보다는 훨씬 낫다고."

"잠깐만!"

나를 째려보던 시노하라가 사박사박사박, 빠른 걸음으로 다가왔다.

"히메 님 앞에서 다음에 또 그런 소릴 하면 파묻어버릴 거야."

무섭네…….

후시미는 모래를 쌓은 다음 꼭대기에 나뭇가지를 꽂고 혼자서 무너뜨리는 놀이를 하고 있었다.

나도 해본 적이 있다.

차례대로 모래를 무너뜨리다가 나뭇가지를 쓰러뜨린 사람이 지게 되는 게임이다.

혼자서 하면 재미있어? 여러 명이 하는 거잖아, 그거.

나를 노려본 덕분인지 긴장이 풀린 것 같은 시노하라가 준비를 마쳤다.

녹화를 하지 않고 카메라를 돌리며 간단한 리허설을 진행했다. 화각과 화면을 확인하고, 본 촬영을 시작했다.

결과부터 말하자면 어색한 느낌은 있었지만, 자연스러운 범위 안에 드는 연기였다.

"미이, 괜찮은데."

"응. 시노하라 잘하네."

오케이를 한 다음, 토리고에게 맞장구를 쳤다.

역시 중2병이다. 다른 사람처럼 행동하는 것에 별로 저항감이 없는 건지도 모르겠다.

함부로 그 말을 하면 파묻히게 되는 것 같으니까 조용히 칭찬만 해야겠다.

"미나미, 우리 감독님이 잘한다고 하는데."

확성기 데구치가 쓸데없는 말까지 전달했다.

히메지도 응, 하며 고개를 끄덕였다.

"저도 다른 사람을 평가할 입장은 아니지만, 미나미 양, 정말 괜찮았던 것 같아요."

"히, 히메 님께 칭찬받았어……! 화———, 황송하옵니다……!"

그러지 말라고. 히메지가 약간 정색하고 있잖아.

자, 이제 후시미의 단독 장면과 히메지와 함께 찍는 장면이 남았다.

좀 쉬었으니 기분도 풀렸으려나……?

돗자리 쪽을 보니 한가했던 마나와 아까 하던 모래 무너뜨리기 놀이를 하며 꺅꺅, 신나게 떠들고 있다.

나는 조용히 가슴을 쓸어내렸다.

나도 할 말은 제대로 하자. 마음속으로 그렇게 생각하며 후시미의 촬영을 시작했다.

친구인 두 사람, 시바하라 히로노와 아키야마 에리가 같은 사람을 좋아하게 되었다는 사실을 서로 어렴풋하게 눈치챘다. 그리고 그것이 서서히 확신으로 바뀌어간다. 그런 흐름인 장면을 촬영해 나갔다.

토리고에가 한 말이 효과를 발휘한 건지, 후시미는 오케이한 장면을 확인하지 않게 되었다.

"먼저 눈치챈 게 히로노인가?"

화면 너머에 있던 후시미가 질문을 던졌다.

어느 쪽이라 해도 시나리오에는 문제가 없었기에 그런 부분은 확실하게 정해두질 않았네.

"어느 쪽일 것 같아?"

내가 촬영을 지켜보던 토리고에에게 묻자 그녀는 살짝 끙끙대다가 오히려 되물었다.

"히이나는 어느 쪽일 것 같아?"

"히로노보다는 에리일 것 같은데, 캐릭터로 봐서."

"히메지, 그런 느낌을 낼 수 있겠어?"

접이식 의자에 앉아있던 히메지가 머리카락을 쓸어올리며 일어섰다.

"누구에게 그런 말을 하는 거죠? 당연히 할 수 있어요."

얼마 전까지는 딱딱한 연기밖에 못 했으면서, 자신감이 대단하네.

자잘한 촬영 계획이 정해지자 데구치가 히메지의 의자를 치웠다.

후시미와 히메지의 표정이 야무지게 바뀌었다.

리허설을 한번 해둘까.

그렇게 생각하고 있자니 뒤에서 시노하라의 목소리가 들렸다.

"더듬더듬 가고 있네."

"아무도 해본 적이 없으니까, 어느 정도는 일단 해보고 시작하는 거지."

"아니. 미안해. 깔본 게 아니라, 칭찬한 거야."

"칭찬?"

"그래. 그냥, 즐거워 보인다 싶어서. 우리 쪽은 반이 한데 뭉쳐서 뭔가 하는 게 아닌 모양이니까."

그런가?

토리고에와 후시미는 자주 부딪히고, 히메지는 기세를 제압하려 하고, 후시미는 히메지에게 연기 지도를 하면서 그 기세를 뒤엎으려 하고. 나도 손떨림 방지 기능이 있는 카메라인데도 엄청 떨어버리고.

어떻게든 나아가고 있긴 하지만, 잘 풀리고 있다는 느낌은 전혀 들지 않았다.

"나도 그냥 타카료네 학교로 갈 걸 그랬어."

"머리가 좋은 녀석은 공부를 잘하는 학교로 가라고."

"미안해. 머리가 좋아서."

거만한 시선으로 사과해봤자 말이지.

"이 근처에는 아무것도 없는데, 점심 식사는 어떻게 할 거야?"

데구치가 소박한 의문을 입에 담았다.

포장마차 같은 곳에서 뭔가 먹을 생각이었기에 마나도 점심밥까지는 준비해오지 않았다.

정작 중요한 포장마차는 파란색 시트로 가려져 있다.

"영업을 안 할 줄은 몰라서……."

이곳을 선택한 사람 중 한 명인 토리고에가 미안하다는 듯이 말했다.

식당도 역에서 걸어오면서 봤을 때는 없었다.

"내가 좀 찾아보고 올까?"

"그럼 마나랑 데구치, 시노하라, 부탁 좀 해도 될까? 마침 한가하잖아."

데구치의 말을 듣고 제안하자, 마나가 오케이~ 라고 대답했다.

"두목님하고 데구하고 나, 척 봐도 한가하니까."

"마나, 두목님이라고 부르지 말라고 그렇게———."

"아니, 미나미, 왜 두목님이라 불리는 거야?"

"그러니까 말이지."

"설명 안 해도 돼."

세 사람은 이것저것 이야기를 나누며 모래사장에서 나갔다.

"토리고에, 왜 여기로 오자고 했어? 촬영하기에는 엄청 편하긴 한데."

"……왜냐하면……창피하니까……."

"뭐가."

"근처면……, 아는 사람이, 바다에 있을지도 모르니까."

"그야 가까운 바다니까 있을지도 모르지."

"'밖에서는 엄청 떠들고 있네, 저 녀석ㅋㅋㅋ. 학교하고 캐릭터가 너무 다른데ㅋㅋㅋ'———이렇게 생각하는 게 너무 창피해……. 그리고 중학교 때 알고 지내던 사람이 보면 '고등학교 갔다고 이미지 바꿨네ㅋㅋㅋ'라고 내가 없는 곳에서 말하고 다닐 게 뻔하니까."

토리고에, 너, 이미지 바꾼 거야……? 바꾼 게 그거야……?

그리고 지금도 그렇고 학교 안에서도 토리고에의 캐릭터는 전혀 변한 게 없어. 안심하라고.

"아, 아무튼, 내가 없는 곳에서 막 그런 이야기가 오갈 테니까 근처는 싫었어."

아직 아는 사람을 만나지도 않았는데, 상상인지 망상인지 참 대단하다.

하지만 설마 이런 상태일 줄은 몰랐다며 토리고에도 후회하고 있는 듯했다.

"료 군~, 다 됐어~!"

후시미가 입가에 손을 대고 파도 소리에 묻히지 않을 만큼 큰 목소리로 불렀다.

"그럼, 시작할까———."

몇 번 NG를 내면서도 촬영은 비교적 순조롭게 진행되었다.

아마 후시미 체크가 없어졌기 때문일 것이다. 아무런 말도 하지 않게 됐지만 나를 전폭적으로 신뢰하고 있기 때문이 아니라 그냥 확인하고 싶은 마음을 억누르고 있는 것 같다.

그룹 채팅방에 마나가 '슈퍼랑 홈 센터 발견~'이라고 보고했다. 그게 10분 정도 전. 지도에서 찾아낸 다음 거기까지 간 것 같다.

음식과 음료수를 사온다 하더라도 7인분이면 양이 꽤 많다. 데구치를 같이 보내서 다행이다.

"시즈카 양, 다음 장면 말인데요———."

"응."

돗자리 위에서 히메지가 대본을 들고 토리고에에게 질문하고 있었다.

역시 진심이구나.

그러지 않으면 곤란하긴 하지만, 오디션이 생각났다. 히메지는 도전하겠다고 카페에서 말했다.

진지한 히메지의 옆얼굴에서는 뭔가 얻으려고 하는 욕심 같은 게 느껴졌다.

"나도……."

"뭐가요? 료."

"타카모리 군, 신경 쓰이는 부분이라도 있었어?"

아무것도 아니야. 나는 그렇게 말하며 고개를 저었다.

왠지 다른 사람에게 영향만 받고 있네, 나.

심지가 없는 것 같아서. 말로 잘 표현할 수가 없지만, 나 자신에게 실망한다고 해야 하나, 뭐라고 해야 하나.

기재에 모래가 들어가지 않게끔 조심스럽게 넣어두었다.

그러고 보니 후시미는 어디 간 거지?

히메지가 이런 이야기를 하고 있으니 끼어들 법도 한데.

마나와 다른 사람들이 돌아오기 전에 산책할 겸, 후시미를 찾아봐야겠다.

"데구치의 비치 샌들, 올바른 선택이었네……."

나도 샌들을 신고 오긴 했지만, 모래사장에 적합한 게 아니라 걸어가기가 약간 껄끄러웠다.

결코 넓지 않은 모래사장에는 아직도 뭔가 이야기를 하고 있는 토리고에와 히메지가 있었다. 그 두 사람 말고는 아무도 없다.

"이 지역은 여름에 이래도 되는 거야?"

여기로 오자고 한 사람 중 나머지 한 명에게 나중에 이유를 물어봐야겠다.

모래사장 끄트머리로 와보니 그곳부터는 바위였다. 따개비는 바위에 달라붙어 있었고, 물가에는 해초가 파도 위를 떠다녔다.

"이봐~, 후시미~?"

이쪽 맞나? 고개를 갸웃거리면서 바위에 발을 걸치고 안쪽으로 나아갔다. 구불구불한 외벽을 따라 돌 위를 걸어가 보니 테트라포드가 몇 개 가라앉아 있는 곳이 눈에 들어왔다.

"―――어라? 여기, 와본 적이 있나?"

이 광경에서 기시감을 느꼈다.

탐험을 하다 보니 저 테트라포드를 발견했고―――.

나는 과거의 나를 따라가듯 테트라포드 쪽으로 다가갔다.

위로 올라가 보니 꽤 높다. 바람이 불었다.

코끝에는 진한 바다 향기가 느껴졌다. 불어오는 바닷바람이 피부에 딱 달라붙는 듯한 느낌이 들었다.

파도 소리와 함께 귀에 익은 목소리가 크게 들렸다.

"료 군은 멍청이~~~~!"

내가 온 곳 반대쪽에 있던 후시미가 바다를 향해 외치고 있었다.

"내 편도 좀 들어달라고오오~~~!"

씨익, 씨익, 흥분한 듯이 어깨를 들썩이고 있던 후시미에게 내가 뒤에서 말을 걸었다.

"이봐, 뭐 하는 거야? 이런 곳에서."

"으햐악."

후시미는 놀랐는지 움찔거리며 어깨를 움츠렸다.

"료, 료 군. 있으면 있다고 말을 해줘."

"방금 왔어."

나는 발밑을 확인하며 후시미가 있는 쪽으로 천천히 내려갔다.

외치고 있던 게 약간 신경 쓰이긴 하지만, 그것보다 먼저 답을 맞춰봐야겠다.

"여기, 온 적이 있……지?"

후시미가 뜻밖이라는 듯이 눈을 깜빡였다.

"기억나?"

"역시 그랬구나. 마침 이 근처에서 후시미가 발을 헛디뎌서 바다에 빠진 게 기억나는데."

"……이상한 것만 기억하고 있네~."

으으, 후시미는 입술을 삐죽댔다.

"허리까지밖에 안 잠기는 곳에서 빠져 죽는다~! 라고 바닷속에서 마구 날뛰었고……."

"그, 그럴 수도 있지! 깜짝 놀랐으니까!"

테트라포드에 앉자 햇빛을 흡수한 콘크리트의 열기가 바지를 찔러댔다. 빈말로도 이렇게 울퉁불퉁한 곳은 앉기 편하다고 할 수가 없다.

"초등학교 1, 2학년 때였던가."

"그래, 맞아! 료 군!"

기억을 잃은 친구가 소중한 것을 떠올린 것 같은 반응이었다. 그 정도로 기쁜 모양이었다.

"히메지는 없었지, 아마도."

"응. 아이는 여름 감기 때문에 못 왔어. 초등학교 2학년 때 어린이 모임으로 왔었거든."

지역 아이들을 모아서 개최하는 이벤트가 해마다 몇 번 있었다. 꽃구경을 가거나, 바다에 가거나, 크리스마스 파티를 하거나. 지금도 하고 있는지는 모르겠지만, 우리 남매와 후시미, 히메지는 자주 참가하곤 했다.

의상이 더러워지지 않게끔 하려는 건지 후시미는 앉지 않고 몸을 숙이기만 했다.

"혹시, 이 해안에 오자고 한 게."

후시미는 고개를 끄덕인 다음, 바다를 빤히 바라보면서 작은 목소리로 말했다.

"생각나려나 싶어서."

헤헤헤. 그녀는 그렇게 웃은 다음 '기쁘네'라고 말했다.

"료 군은 나를 찾으러 와줬구나."

"뭐, 그렇지."

"어째서?"

"어째서냐니……."

모습이 안 보이니 당연히 신경 쓰이지.

제대로 설명하지 못하고 있자니 후시미가 쑥스러운 듯이 물어보았다.

"……야한 짓, 하려고?"

"뭐어?!"

무, 무슨 소릴 하는 거야, 이 녀석.

"하겠냐."

"그래도, 그래도, 자, 자, 자주 있는 일이잖아, 그런 거!"

"없어."

뭘 참고해서 한 생각인데.

"그래도, 그래도, 내가 본 영화에 나왔으니까!"

"대체 무슨 영화를 본 거야? 너."

"다른 사람들하고 같이 왔는데, 몰래 단둘이 빠져나온 남녀가 끌어안고, 분위기에 취해서 키스를 하고⋯⋯."

"이제 그 이야기는 됐어."

미성년자 관람불가잖아, 그거. 영화라고 해야 하나, 동영상이라고 해야 하나⋯⋯. 봐도 되는 거야?

"하지만 그 두 사람은 다음날, 시체로 발견되었습니다."

"내가 생각했던 게 아니었네."

전형적인 스플래터 호러다. 그런 의미로는 자주 있는 상황이라고 할 수 있나?

"그래도, 따, 딱히 해줬으면 하는 건 아니거든!"

설마 후시미는 츤데레인 건가⋯⋯. 그렇다면 이건⋯⋯.

더 이상 깊게 생각하진 말자. 아무리 생각해도 오해하지 말라는 듯이 손을 내민 채 마구 젓고 있으니까.

"그런데 야한 짓이라면 어디부터가 야한 짓이야?"

"나한테 물어보지 마."

"키스는?"

새삼 그렇게 물어보니 대답하기가 힘드네.

"아슬아슬하려나⋯⋯."

후시미가 갑자기 내 볼에 손을 대고 얼굴을 옆으로 돌렸다.

시선 끝에는 나를 똑바로 바라보는 후시미가 있다.

"서로 마주 보는 건?"

"세이프⋯⋯."

어깨가 닿을까 말까 한 거리라 꽤 가깝게 느껴진다.

평소에는 얼굴을 정면으로 확실하게 보지 않기 때문인지 잘 알고 있는 얼굴인데도 약간 신선했다.

"나는, 키스는 세이프라고 생각해."

나를 올려다보고 있던 후시미의 턱이 약간 위로 올라갔다. 그녀는 입술을 살짝 핥은 다음, 목을 천천히 기울였다.

휴대폰이 마치 따지려는 듯이 부우웅, 진동했다.

주머니에 손을 넣어서 확인하려 하자 후시미가 몸을 앞으로 내밀며 내 손을 잡았다.

"지금은, 다른 생각하지 마……."

한숨을 내쉬는 듯한 목소리였다.

바로 앞까지 다가와서 눈이 마주치자 후시미가 고개를 숙였다. 그리고 책상다리인 내 위에 옆으로 돌아선 채 앉아서 가슴에 얼굴을 파묻었다.

"등, 쓰다듬어줘."

후시미의 귀가 빨갛다.

나는 그 요청에 따라 등을 천천히 쓰다듬었다.

……옷이 얇아서 등 가운데 근처에 브래지어의 감촉이 느껴졌다. 하지만 최대한 생각하지 않기로 했다.

"료 군……, 골든 위크 때는 기습적으로 해버렸지만……."

"응?"

후시미가 뭔가 호소하려는 듯이 내 티셔츠 옷자락을 꼬옥 잡았다.

"제대로, 키스, 하지 않을래요……?"

아까부터 계속 귓속에 크게 울리고 있던 심장 고동 소리가 한층 더 강하게 울리기 시작했다. 입속이 이상하게 바짝 마르고, 후시미가 내 가슴에 얼굴을 파묻고 있어서 좋은 머리카락 향기가 코끝에 감돌고 있다.

내 손등에 따뜻하고 부드러운 무언가가 닿았다. 힐끔 보니 후시미가 손을 겹치고 있었다.

"먼저 말을 꺼내놓고 이러긴 좀 그렇지만, 긴장되네……."

내 손가락 끝을 살며시 잡은 후시미.

"누구에게도 말하지 않을 비밀. 두 사람만의……."

온몸의 체온이 얼굴에 집중된 건가 싶을 정도로 얼굴이 달아오르는 게 느껴졌다. 사고 회로도 전혀 돌아가지 않았다. 후시미와 맞닿은 부분만이 묘하게 뜨거웠다.

고개를 든 후시미의 눈은 촉촉했다. 그게 반쯤 닫히더니, 완전히 감겼다.

숨이 막혔다. 결심까지 걸린 시간은 한순간이었던 것 같기도 하고, 더 길었던 것 같기도 했다.

"어이~. 오빠야~?"

각오를 다진 순간, 멀리서 마나의 목소리가 들렸다.

"료 군, 마나가."

약간 엇나갔다.

마나의 목소리를 듣고 아주 약간 움직인 후시미의 볼에 내 입술이 닿았다. 아니 부딪혔다고 하는 게 더 정확한 표현일지도 모르겠다.

실수했다———. 타이밍도 안 좋았다.

생각대로 잘되지 않아서 이제 어떻게 하면 될지 모르겠다고 생각하고 있자니 마나의 목소리가 점점 크게 들리기 시작했다.

"이쪽이야~? 오빠야, 어디 있어~?"

볼을 만지던 후시미가 녹아내릴 정도로 달콤한 미소를 짓더니 에잇, 뛰어오르는 듯이 나를 끌어안았다.

"복수야."

꽈악, 그녀가 내 볼을 살며시 깨물었다.

후시미는 나를 꼬옥 끌어안은 다음, 곧바로 물러섰다.

"마나가 찾고 있어. 가자."

후시미가 먼저 모래사장 쪽으로 걸어가기 시작했고, 나도 따라갔다.

바위를 조심스럽게 올라타서 이쪽으로 오려 하던 마나가 우리를 보자마자 '둘이서 뭐 하고 있어~?'라고 물었다.

"촬영 때문에 료 군에게 혼나고 있었어."

"그래?"

고개를 갸웃거리던 마나가 눈짓으로 내게 물었다.

"뭐, 그런 참이지."

"야한 짓하고 있었지~!"

"안 했어."

아슬아슬한 짓은……, 했지. 거짓말은 하지 않았다, 거짓말은. 사실도 말하지 않았지만.

"엄청 멀었다고~."

불평과 함께 마나 일행이 뭐 하고 있었는지 듣게 되었다.

홈 센터에서 버너를, 그 건물에 있던 100엔 샵에서 조리기구와 종이 접시, 젓가락을, 슈퍼에서는 식재료를 각각 사 온 모양이었다.

"여기서 해 먹자고?"

"그래. 지금 두목님하고 데구가 내 지시에 따라 식재료를 다듬고 있어."

마나가 두 살 많은 선배들을 마구 부려먹고 있다.

"주방장이네, 마나."

"이히히……, 그거 좋은데."

버너를 사고, 요리에 필요한 도구를 사서…….

해 먹을 수 있는 게 뭐지?

"야키소바를 해 먹을 거야~. 포장마차의 단골 메뉴잖아?"

"아~. 그거 괜찮겠네!"

"잠시만 기다리시오~!"

마지막 바위에서 폴짝 뛰어 모래사장에 착지한 주방장이 신이 나서 일하고 있는 시노하라와 데구치 쪽으로 사박사박 뛰어갔다.

나도 도우려 했지만, 오히려 방해가 된다며 곧바로 거절당했다.

포장마차 옆에는 몸을 씻을 수 있게끔 마련해둔 건지 학교에서 자주 본 듯한 수도꼭지가 세 개 있는 수돗가가 있었다. 세 사람이 작업하고 있는 건 그곳이었다.

15분 정도 기다리자 각자의 몫인 야키소바가 종이 접시에 담겨 나왔다.

"역시 마나예요……! 기대했던 퀄리티네요."

"좀 더 칭찬해줘, 좀 더 칭찬해줘."

컴온, 하며 마나는 자기 쪽으로 손가락을 구부렸다.

곧바로 다 같이 먹기 시작했다. 여전히 맛있다. 비싼 재료는 아무것도 넣지 않은 것 같은 야키소바인데. 밖에서 먹어서 그런가?

"어째서 맛있는지 알아? 타카양."

냠냠, 접시에 담긴 야키소바를 먹던 데구치가 내게 물었다.

"마나가 해준 거니까 그렇지."

"물론 그런 이유도 있지."

"밖에서 먹으니까."

"응. 그런 이유도 있고."

"또 뭐가 있는데?"

뜸을 들이는 것 같은 말투가 감질났기에 대답을 재촉했다.

"나하고 타카양 말고는 모두 미소녀———."

"이거, 돈이 꽤 많이 들지 않았어?"

토리고에가 장을 보러 갔던 마나와 시노하라에게 물었다.

데구치 이야기는 아무도 듣지 않았다. 나도 못 들은 걸로 했다.

그 질문에는 시노하라가 대답했다.

"전부 합쳐서 7000엔 정도. 가게에서 먹는 거라 생각하면 허용 범위일 것 같아서."

한 명당 약 1000엔이라. 밥을 사 먹고 간식까지 먹으면 그 정도는 쓸 법한 금액이긴 했다.

"내 몫은 오빠야가 내주겠지만 말이지."

"난 한 마디도 그런 말 한 적 없는데."

"아르바이트도 하는 주제에, 쪼잔해~!"

"……어쩔 수 없지. 이번만이다?"

"후후. 오빠야, 사랑해애."

그래, 그래. 마나가 한 말을 그렇게 흘려넘기자 후시미가 의아해하고 있었다.

"료 군, 아르바이트하는구나?"

"그러고 보니 말을 안 했었네. 히메지네 아는 사람 일을 돕고 있거든."

"그렇구나."

후시미는 히메지를 힐끔 보고는 흥미가 떨어졌다는 듯이 눈을 내리깔았다.

받은 영수증을 보니 마지막 줄에 '불꽃놀이 패밀리 세트 X 3'이라고 적혀 있었다.

부, 불꽃놀이를 샀어?!

"야, 마나, 불꽃놀이 세트 3개라니, 너."

"어라? 부족한가?"

"개수를 따지는 게 아니라고. 불꽃놀이가 필요해?"

다른 사람들도 내 말에 동의할 줄 알았는데, 아무도 나서지 않았다. 이걸 사지 않았다면 한 사람당 700엔만 내면 되는데. 나는 1400엔이고.

"뭐어? 나는 정말 잘했다고 생각했는데. 신급 판단이잖아. 오히려 그걸 뛰어넘어서 우주급이라고."

우주보다 신이 더 낮아? 신이 우주를 만들었으니 더 높아야 하는 거 아니야……?

마나 특유의 워드 센스에 태클을 걸어봤자 좋을 게 없기에 나는 입을 다물었다.

"불꽃놀이라니, 그렇게 늦은 시간까지 머무르진 않을 거야."

"""""어?"""""

누군가와 누군가의 목소리가 겹쳤다. 아마 믿기지 않는다는 듯이 이쪽을 보고 있는 사람들, 나를 제외한 모두의 목소리였을 것이다.

지금은 오후 1시가 지난 참. 몇 시간이나 더 이곳에 있을 거라는 생각은 안 했다.

하지만 여자 일행들은 거의 모두가 놀 생각이었는지 재빨리 정리를 하고 옷을 갈아입은 다음, 튜브를 장비하고 바다에 뛰어들어서 꺅꺅대며 즐겁게 놀기 시작했다.

나는 바닷가에서 모래를 손으로 만지작거리고 있었다. 데구치도 옆에서 선글라스를 낀 채 먼 곳을 바라보는 중이었다.

"데구치, 수평선을 보는 게 그렇게 재미있어?"

"그렇게 생각했지? 타카양. 사실 그게 아니거든."

"그럼 뭔데?"

"선글라스는 시선을 감출 수 있어. 그러니 모두의 수영복을 즐길 수 있지. 보고 있다는 걸 들키지 않는다고."

"겨우 그런 이유 때문에 선글라스를……."

그 열의를 다른 무언가에 살리지는 못하는 건가? 어이가 없지만 약간 감탄하기도 했다. 그런 생각까지 할 줄이야.

"겨우 그런 이유라니……, 오늘의 메인 이벤트잖아. 촬영이 끝났다고 해서 돌아가려는 타카양이 이상한 거라고."

이럴 일이 앞으로 평생 없을지도 모르잖아. 데구치가 그렇게 힘주어 말했다.

"뭐, 그럴지도 모르지."

내년은 수험생 모드일지도 모르니 놀 틈은 없을 수도 있다.

"료 군도 같이 하자~."

손짓하며 부르고 있는 후시미는 꽃무늬 원피스 수영복을 입고 있었다. 길이가 엄청나게 짧은 원피스 같기도 했기에 수영복이라는 걸 몰랐다면 팬티가 보이지 않을까? 라고 물어봤을지도 모르겠다.

"토리고에는 저기 안 껴?"

나는 뒤쪽에서 책을 읽고 있던 토리고에게 말을 걸었다.

토리고에는 마침 그늘이 진 포장마차 난간에 앉아 있었다. 일단 갈아입긴 한 것 같은데, 얇은 파카를 걸쳤고, 후드도 쓰고 있었다.

"오는 도중에 읽던 소설이 마침 괜찮은 부분에 접어들어서 신경 쓰이거든. 그러니까 나는 한동안 안 낄 것 같은데."

마이페이스다운 말이었다.

"토리고에 씨의 저 차림새는 장난 아닌데."

데구치가 뒤를 돌아보지 않고 조용히 말했다.

"뭐가."

"수영복이라는 걸 알고 있긴 하지만, 아래에 아무것도 안 걸쳤잖아?"

"아, 응."

"파카를 입고 있어서 수영복이 팬티처럼 보인단 말이지……, 그러니까 지금은 엄청나게 팬티를 드러내고 있는 상태야."

"그만해, 멍청아. 그렇게 말하니까 그런 식으로 보이잖아."

HAHAHA, 데구치는 웃으며 부채를 부쳤다.

"타카양도 제법이네~."

"그 말은 잘못된 용도로 쓰고 있는 것 같은데."

컬러풀한 비치볼이 물 위로 투웅, 떠올랐다. 물거품이 솟구치자 꺅꺅대는 환호성이 들렸다.

히메지는 그날 산 수영복을 입었고, 시노하라는 학교에서 쓰는 듯한 학교 수영복. 사립이라 그런지 경영 수영복 같은 느낌이었다. 안경을 낀 채 머리카락을 뒤로 묶었다.

"오빠야~, 얼른 와~!"

후시미가 불렀는데도 내가 가지 않자 마나까지 합세했다.

"오빠야~! 서투르다는 건 다들 알고 있으니까 부끄러워할 필요 없어!"

"그런 걸 신경 쓰는 게 아니라고."

데구치는 휴우, 황홀하다는 듯이 한숨을 쉬었다.

"짱마나란 말이지, 문제는."

"뭐가 문제인데."

"중학교 3학년이잖아? 저런 몸매는 아니지. 치사하잖아. 치트라고. 갸루에, 요리를 잘하고, 브라콤인 데다, 멜론 두 개를 장비하고 있다니."

여동생을 보고 그런 말을 하는 걸 들으니 기분이 별로네…….

"아, 멜론 말고, 여름이니까 수박이라고 하는 게 낫겠어."

"뭐든 상관없어."

아니, 다른 사람 눈에는 마나가 브라콤 같아 보이는 건가?

"료~! 오세요."

물론 데구치는 히메지의 몸매에 대해서도 평론했다. 흘려넘기긴 했지만, 거봉이라는 단어는 들렸다. 왜 과일 한정인데.

당분간 돌아갈 것 같지도 않았고, 이대로 구경만 하는 것도 질렸기에 나는 천천히 일어섰다.

마나가 챙겨가라고 잔소리를 했기에 일단 수영복을 챙겨온 나는 재빠르게 파란색 시트 너머에서 갈아입었다.

"그럼, 데구치, 잠깐 다녀올게."

"저기, 타카양, 마지막으로 한 가지만 물어봐도 될까?"

"응?"

"왜 아무도 나를 불러주지 않는 걸까……."

데구치의 시선은 알아볼 수 없지만, 아마 수평선을 보고 있는 것 같다.

"선글라스로 시선을 감추고 있는 녀석이라 그렇겠지."

크허어억, 데구치는 소리를 내며 모래사장에 쓰러졌다.

비치볼이 이쪽으로 굴러왔기에 나는 그것을 바다에 던진 다음, 후시미 일행에게 다가갔다.

정신을 차리고 보니 저녁놀이 오렌지빛으로 비치고 있었다. 하늘의 남색은 점점 진해졌다.

토리고에가 처음에 제안했던 것처럼 나는 카메라로 노는 모습을 녹화하고 있었다.

무려 몇 시간 분량.

모래사장에서 했던 비치 발리볼이 생각보다 더 치열했기 때문이기도 했다.

목이 쉴 정도로 소리를 지른 게 얼마 만일까.

들뜬 내 모습이 녹화되었다고 생각하니 동영상을 보고 싶다는 마음이 들지 않았다.

비치 발리볼은 중간부터 토리고에도 참가해서 2인 1조로 다양한 조합을 해가며 놀았다.

나와 시노하라가 한 팀이 되었을 때, 토리고에 & 후시미 팀이 묘한 살기를 내뿜었다.

데구치는 진짜로 몇 시간 동안 아무도 불러주지 않아서 쓸쓸했던 모양인지 비치 플래그를 제안했다. 하지만 아무도 참가하지 않았다.

데구치는 결승점에서 여자들이 달려오는 모습을 볼 생각이었던 것 같고, 그 속셈을 들켰기 때문이다. 결과적으로 자포자기한 데구치는 혼자서 비치 플래그를 하다가 모래투성이가 되었다.

보다 못한 나는 마침 배가 출출했기에 데구치에게 함께 먹을 것을 사러 가자고 했다.

주스를 마셔도 자판기에서 사는 것보다는 슈퍼에서 큰 페트병으로 사는 게 이익이니까.

"타카양, 주부야?"

"마나에게 그런 말을 하면 '뭐어? 당연한 거잖아'라고 하면서 싸늘한 눈빛으로 바라볼 테니까 조심해라."

"그거 괜찮은데."

이 녀석이 뭐든지 오케이라는 걸 잊고 있었네.

말을 꺼낸 내가 간식과 주스를 계산하려 하자 데구치가 '나도 내게 해줘'라고 했기에 반씩 나눠서 냈다.

간식을 사서 바다로 돌아와 보니 주위가 어두워졌고, 후시미와 다른 사람들이 불꽃놀이 준비를 시작하고 있었다.

"갈아입었네……."

데구치가 한숨을 쉬며 말했다. 어두워졌는데도 알 수 없는 센서가 민감한 건지 여자들이 사복 차림으로 돌아왔다는 것을 곧바로 지적했다.

그런 이유 때문일 거야, 데구치. 아무도 같이 놀자고 말해주지 않는 거.

바람이 불기 시작했기에 촛불이 흔들릴 것 같아서 버너로 직접 불을 붙이기로 했다.

골든 위크 때 불꽃놀이를 했는데도 후시미와 마나는 신이 나서 들떠 있었다. 의외로 토리고에도 마찬가지인지 들뜬 목소리로 말하며 뿜어져 나오는 빛을 바라보았다.

저번에는 키스, 당했었지…….

후시미는 그게 치사한 짓이라고 했다. 내가 생각하는 것만큼 착한 애가 아니라고.

무슨 뜻으로 그렇게 말한 건지 진짜 의도는 잘 모르겠지만, 히메지도 비슷한 말을 했었다. 치사하다고 해야 하나, 재주가 좋다고 해야 하나, 그런 구석이 있다고.

그 인물평이 정확하다면 내 노트에 적힌 약속, 고등학생이 되면 첫 키스를 한다는 그것은 역시 후시미가 적었을 것이다.

시기를 따지면 히메지가 전학을 간 뒤. 히메지와 편지로 연락을 주고받던 무렵이다.

편지를 주고받은 기억은 있다. 어딘가에 보관되어 있겠지. 내가 굳이 그런 식으로 연락을 주고받았던 걸 보면 서로 좋아하긴 했던 것 같다.

그런 생각을 하던 와중에 선향 불꽃놀이만 남게 되었다.

"세 세트라서 딱 맞네."

토리고에가 마나에게 말을 걸었다.

"그치~? 한 개로는 무조건 부족할 거라고 우겨댄 보람이 있잖아, 정말~."

데구치가 카메라를 들고 사람들을 찍고 있다. 빌린 물건이니까 조심스럽게 다루라고 잔소리를 했으니 아마 괜찮겠지.

"밤 바다는 꽤 위험하단 말이죠……."

"뭐가?"

내 선향 불꽃놀이 끄트머리에 있던 불덩이가 투욱, 바람에 떨어졌다.

"아뇨, 아무것도 아니에요."

히메지는 뭐가 어떻게 위험한 건지 가르쳐주지 않았다.

"데구치 씨. 바다는 찍지 않는 게 좋을 거예요."

"어? 왜?"

쓰레기를 치우며 돌아갈 준비를 하는 와중에도 데구치는 아직 카메라를 들고 있었다.

다들 은근히 히메지가 하는 말에 귀를 기울이고 있었다.

"찍혀버리면 어떻게 하실 건가요."

모두가 입을 다물자 기분 나쁜 침묵이 흘렀다.

"히메지마 양, 그런 거, 하지 말자……."

바람이 세게 불어와 파란색 시트가 펄럭펄럭, 세차게 울렸다.

"흐아아아악?!"

후시미가 놀란 고양이 같은 비명을 질렀다. 나는 굳이 따지자면 그 비명 때문에 놀랐다. 시노하라와 토리고에가 아무 말도 없이 돌아서서 뛰기 시작했다.

그 이후로는 완전히 패닉 상태였다.

"어? 뭐야, 뭔데에에에~?!"

별로 동요하지 않는 스타일인 마나까지 혼란에 빠져서 괜히 더 무서워졌다. 마나가 내 손을 잡고 끌어당기며 해안에서 멀어지려 했다.

"오빠야, 어, 얼른 가, 가, 가자."

"잠깐만, 어? 뭔데, 다들─── , 뭐 있어───? 타, 타카양, 기다려!"

데구치도 쫓아왔다.

어라? 후시미는?

뒤를 돌아보니 선 채로 굳어 있었다.

저, 저건 사망 패턴이잖아!

"후시미."

돌아가려는 나를 잡아당기며 말리는 마나. 하지만 나는 마나를 질질 끌면서 후시미에게 다가가 팔을 붙잡았다.

"저, 저기, 방금———."

그렇게 말한 히메지가 우리를 재빨리 제치고 뛰어서 도망쳤다.

"오빠야, 위험하다니까!"

"후시미, 야, 후시미!"

"앗……, 료 군?"

"도망치자!"

마나는 내 손을 잡고, 나는 후시미의 손을 잡고, 재빨리 뛰어가기 시작했다.

……역까지는 눈 깜짝할 새에 도착했다. 숨이 찼다. 뛰어오다 보니 샌들이 몇 번이나 벗겨질 뻔했다.

발끝에서 느껴지는 모래의 사각거리는 감촉이 아직도 남아있다.

우리가 마지막이었는지, 다른 사람들이 걱정스러운 표정으로 역에서 맞이해 주었다.

"……그래서, 결국 뭐가 있었던 건데?"

데구치가 딱히 누군가를 지정하지 않고 물어보았다.

"구체적으로는 모르겠는데."

내가 대답하자 후후홋, 마나가 웃기 시작했다.

"다들 엄청 당황했어. 웃기네."

"마나, 웃을 일이 아니야. 난, 다리에 힘이 빠져서 움직이지도 못했다고!"

"히나, 움직이지 못했던 건 누군가가 발을 잡고 있었기 때문 아닐까요…….."

"──그만해애애애애애애애애애!"

공포가 사라진 반동인지 안심되는 이 느낌만으로도 왠지 웃음이 나왔다.

"정말, 진짜로, 무서웠다니까……."

후시미는 울상을 짓고 있었다.

나도, 토리고에도, 시노하라도, 소리 내어 웃었다.

"대체 뭐였을까요."

히메지는 새침하게 표정으로 딴청을 피웠다.

……아, 이 녀석이지, 범인. 공포심을 부추기다니.

"진짜~, 진심으로 엄청 무서웠다고."

데구치도 그렇게 말하며 배를 부여잡고 있었다.

우리는 아무도 없는 역 건물에서 웃다가 전철을 놓쳐버렸다.

"다음 차……, 30분 뒤잖아! 시골이냐고!"

"아무리 봐도 시골 맞잖아."

화를 내는 시늉을 하던 데구치에게 내가 살짝 태클을 걸기만 했는데도 모두가 웃었다. 감정에 버그가 생겨서 웃음의 허들이 거의 없는 거나 마찬가지였다.

그리고 우리는 뒤늦게 온 전철을 타고 집으로 돌아가기 시작했다.

처음에는 잡담을 나누었지만, 전철을 타고 가다 보니 어느새 다들 자고 있었다.

"료 군, 잠 안 와?"

"찍은 영상을 확인하고 싶어서."

"그렇구나."

후시미가 그렇게 말하며 웃었다.

"아, 아까 그 유령? 소동 말인데, 아마 그냥 히메지가 거짓말한 거야."

"어?"

후시미의 눈이 점으로 변했다. 그녀는 옆에서 조용히 자고 있던 히메지의 볼에 손을 댔다.

"이 입이~! 말도 안 되는 소리를~!"

후시미는 원망스러워하며 자고 있던 히메지의 볼을 꽉 꼬집었다. 피곤한 건지 전혀 일어날 낌새는 없었다.

시트에 등을 기대고 기분 좋은 피로에 몸을 맡기고 있자니 후시미가 이상한 목소리를 냈다.

"오. 우오오?"

"왜 그래."

"연극 오디션을 봤는데———, 이거! 봐!"

후시미는 반짝이는 표정으로 휴대폰을 마패처럼 스윽 내밀었다.

그녀가 보여준 것은 메일 화면. 제목은 '1차 심사 안내'였고, 내

용에는 심사 통과라는 단어가 있었다.

"아직 1차 서류 심사지만 말이지."

기쁜 감정을 억누르고 있는 건지, 후시미의 볼이 살짝 늘어졌다.

"……서류 심사인데 메일로 통지를 하는구나."

"료 군, 자잘한 부분에 태클을 걸지 마."

나는 역시 후시미를 부러워하는 감정을 마음속 어딘가에서 느끼고 있는 건지도 모르겠다.

축하해, 잖아. 제일 먼저 할 말은.

"……잘됐네. 축하해, 후시미."

"응, 고마워, 고마워, 세상 사람들, 모두 고마워~!"

거창하게 고마워하는 후시미는 평소보다 신나 보였다.

……내게도, 뭔가 없을까.

히메지나 후시미처럼 걸어볼 만한 것.

자랑하고 싶은 게 아니다. 그걸로 기세를 제압할 생각도 없다. 다른 사람에게 말할 수 있는 무언가———.

"레슨 때 선생님이 이야기를 꺼내서 말이지———."

후시미는 오디션을 보게 된 경위에 대해 가르쳐 주었다.

심사는 4차까지 있고, 그걸 통과하면 합격인 모양이다.

"인터넷으로 응모했는데, 저번에 만들었던 SNS 계정도 넣었거든. 그거 덕분일지도 몰라!"

요즘 스타일 같네. SNS나 동영상 사이트까지 참고 자료로 삼는 걸 보니.

"료 군하고 시이 덕분이야, 분명."

후시미가 천진난만하게 말했다.

"별로 상관없지 않을까?"

"그런가?"

그럴 거야, 분명히.

"나를 지켜봐 줘."

"응? 보라고?"

"응원해줬으면 좋겠다……, 싶어서."

"그야 물론이지."

"고마워."

순수한 미소에서 눈을 돌리고 싶어졌다.

후시미는 치사한 짓을 했다거나 나쁜 애라고 스스로 말하지만, 나는 후시미와 비교도 되지 않을 거다.

"료 군이 응원해준다면, 나, 뭐든지 열심히 할 수 있으니까!"

오늘만 해도 몇 단계나 뛰어오른 후시미의 마음이 뜨거웠다. 성실한 성격은 여전한 건지 영화도 잊지 않고 온 힘을 다해 찍겠다고 했다.

집에 돌아온 다음, 땀과 바닷바람투성이가 된 몸을 샤워로 씻어내며 오늘 있었던 일을 돌이켜 보았다.

촬영, 그리고 모래사장에서 놀았던 것. 이런저런 일이 있었지만, 가장 가슴에 울린 것은 후시미와 나눈 대화였다.

욕실에서 나와 방으로 돌아왔다.

형태가 없는 족쇄 같은 것을 잊기 위해 다른 생각을 하기로 했다.

읽기 시작한 만화, 추천받은 영화, 전혀 상관이 없는 것———, 하지만 전부 실패했고, 마치 부메랑처럼 내 손으로 돌아왔다.

심심풀이로 만지고 있던 마츠다 씨에게 빌린 카메라는 곧 배터리가 바닥날 것 같았다. 충전해두어야겠다.

빌린 직후에는 제대로 다루지 못할지도 모르겠다고 생각했지만, 지금은 이미 다루는 게 익숙해져서 완벽하지는 않지만 제대로 다룰 수 있게 되었다.

"……나는."

왜 아무것도 없는 걸까———.

그렇게 말하려던 참에, 평소에는 다루기 편해서 좋은 그 카메라가 무언가를 주장하는 것 같다는 생각이 들었다.

학교 축제용 동영상 데이터가 든 SD 카드를 아무것도 들어있지 않은 카드로 교환했다.

나는 필통을 뒤져서 샤프를 꺼낸 다음, 마침 눈에 띈 고전 노트에 생각나는 것들을 적기 시작했다.

시계를 보니 날짜가 바뀌어 있었다.

나는, 이 아니다.

나도, 다.

나도 무언가가 되는 거다.

⑧ 오디션

별로 필기를 하지 않았던 고전 노트의 백지는 내가 토해낸 마음으로 메워져 갔다.

냉정해지고 나니 왜 이런 걸 쓴 건지 고개를 갸웃거리게 되는 내용이었다.

정신을 차리고 보니 아침이었다가, 샤프를 계속 잡고 있다 보니 또 낮이 되어 어느새 돌아온 마나가 식사를 가져다주었다.

나는 지금 흑역사 노트라 할 만한 것을 만들고 있다.

하지만 그래도 괜찮을 것 같다. 지금까지는 흑역사도 백역사도, 아무것도 없었으니까.

내일 일정은 아무것도 없기에 정신없이 노트만 들여다보며 나 자신의 목소리를 토해냈다.

"오빠야, 왠지 살기가 넘치는 것 같은데, 무슨 일 있어?"

저녁밥을 먹고 있자니 마나가 젓가락을 입에 문 채 고개를 갸웃거렸다.

"음~. 그럴 일이 좀 있어."

"아~! 반항기다!"

"시끄러워."

둘러댄다고 전부 반항기인 건 아니잖아.

10페이지 정도밖에 쓰지 않았던 고전 노트가 전부 메워지자 다시 처음부터 읽어보았다.

안쓰러운 나 자신이 부끄러워졌다. 아무렇게나 휘갈겨 쓴 글자를 보니 씁쓸한 느낌이 들었다. 내가 써놓고도 고개를 갸웃거렸다.

하지만 이해가 잘 안되는 열기 같은 것만은 일관적으로 느껴졌다.

이걸 영상으로 만들고 싶다는 생각을 하기까지는 시간이 얼마 걸리지 않았다.

후시미가 여배우를 목표로 삼고 있다는 걸 비밀로 하던 심정을 조금이나마 이해할 수 있었다.

"고생이 많아~, 롯쿵."

오전 안에 촬영을 끝내고 낮부터 사무소에서 아르바이트를 하고 있자니 마츠다 씨가 가방을 들고 사장실로 돌아왔다.

"고생하셨습니다."

내 호칭은 원래 료 군이었는데 료 쿵으로 바뀌었고, 지금은 롯쿵으로 알 수 없는 진화를 해냈다.

"휴우~, 고생고생, 생고생이었어."

마츠다 씨는 한숨을 쉬며 의자에 털썩 앉고는 등받이를 끝까지 젖혔다.

그는 그런 식으로 내게 '무슨 일 있나요?'라는 말을 꺼내게 만들려 한다.

하고 싶은 말이 있다면 내가 질문을 하기 전에 그냥 말하면 될 텐데.

외모는 정말 멋있는데, 안타깝다.

참고로 '고생고생, 생고생'이라는 말은 정말 고생했다는 의미로 해석하고 있다.

"고생하셨어요~."

내가 기계적으로 대답하자 마츠다 씨가 몸을 일으킨 다음에 '어머, 롯쿵, 쌀쌀맞아~'라고 귀찮은 말을 꺼냈다.

"무슨 일 있었나요?"

포기한 나는 마츠다 씨의 의도대로 질문을 던졌다.

오늘 오전에는 영상 제작 회사와 프로모션 회의를 했을 텐데.

요즘은 메일이나 메시지뿐만이 아니라 전화도 받게 되었기에 마츠다 씨의 스케줄을 잘 알게 되었다.

"현장 감독이 진짜 말도 안 되는 남자라서어."

"그거 큰일이네요."

"롯쿵이 맡는 게 더 나을 것 같다는 생각이 들 정도였어."

"네?"

나도 모르게 깜짝 놀라버렸다.

"농담이야."

"그렇……겠죠."

사무원분이 내준 보리차를 마츠다 씨는 단숨에 다 마셔버렸다. 정말 시원하게도 마신다.

"아이카에게 들었거든? 영화, 순조로운 모양이던데."

"네. 덕분에요. 카메라를 다루는 법도 파악했고요. 정말 도움이 많이 되었어요."

"됐어, 됐어. 나는 롯쿵에게 어떻게 고마워해야 할지 모르겠으니까."

아, 내가 히메지에게 좋은 영향을 줘서 기운을 차렸다는 그건가?

그 말을 좀처럼 믿을 수 없는 이유는 히메지가 다시 만났을 때 이미 기운이 넘쳤던 것 같기 때문이다.

"히메지의 오디션은 그 이후로 어떻게 되었나요?"

"뭐야, 신경 쓰이니?"

"그야 어느 정도는요. 본인에게 오디션을 본다는 이야기는 듣긴 했는데, 아쉬운 결과가 나왔을지도 모르겠다고 생각하니 직접 물어보기가 껄끄러워서요."

"그렇긴 하네. 심사는 무사히 통과해나가고 있어. 역시 내가 눈여겨본 여자라니까."

뮤지컬 주연 오디션이었던 것 같은데.

"다음 4차 심사가 마지막이고———."

"네? 4차요?"

저번에 똑같은 단어를 들은 적이 있다.

"왜 그러니?"

"그거, 연예 사무소에 소속된 사람들이 보는 오디션이죠?"

"사무소 소속인 애들은 토너먼트로 따지면 시드를 받은 거나 마찬가지니까, 정확히 말하자면 2차 심사부터 보는 거지. 일반 응모는 1차 서류 심사부터. 거기서 올라오는 경우도 있긴 하거든? 99퍼센트는 서류 심사에서 탈락하니까 어지간히 실력이 좋지 않으면 올라오지 못하지만."

일반 모집……. 1차가 서류———.

"오디션이 여러 개 진행되고 있나요?"

"왜 그러니? 계속 물고 늘어지네."

내 반응이 신기한 건지, 마츠다 씨가 눈을 동그랗게 뜨고 있었다.

"10대, 여자, 가창력, 연기———, 이 조건으로 주연을 뽑는 오디션은 이번 여름에 하나뿐이야."

그럼 후시미가 말했던 오디션은…….

"그 애, 이번에는 정말로 의욕 넘치니까. 최종 심사에 합격했으면 좋겠네."

연기 쪽으로는 아직 어설픈 부분이 있지만———. 마츠다 씨가 그렇게 말했지만, 나는 정신이 다른 곳에 가 있었다.

마츠다 씨가 돌아오기 10분 전쯤에, 나는 후시미가 보낸 메시지를 받았었다.

『3차 통과했어, 통과했어! 우오오오오오오오오오오! 다음이 최종 심사야~~~~!』

툭툭, 누군가가 어깨를 두드리길래 돌아보니 데구치가 턱으로 가리키고 있었다.

아. 그랬지———.

나는 급하게 카메라 녹화를 정지시켰다.

"오케이~."

내가 그렇게 말하자 데구치가 슬레이트라도 되는 듯 손뼉을

짝, 쳤다.

"오케이입니다~. 고생하셨어요."

데구치의 목소리에 후시미가 네에~, 하고 간단히 대답했다.

교실 장면을 찍다가 저번에 있었던 일이 생각나서 멍하니 있어버렸다.

나는 후시미가 보낸 오디션 결과 메시지를 보고 축하한다, 열심히 해, 라고 답장을 보냈는데, 둘 다 아직 모르고 있겠지.

"아이, 다음 장면 말인데, 연습했을 때보다 좀 더 뜸을 들였다가 말하는 게 좋을지도 모르겠어."

"뭐죠? 심술인가요?"

"아니라고~, 정말~."

"⋯⋯참고로 어떤 느낌이 되는지 보여주실 수 있나요?"

"후후. 아이도 참, 말은 그렇게 하면서 결국 한단 말이지."

"쓸데없는 말은 됐으니까, 얼른 해보세요."

마츠다 씨 말대로 후시미의 연기와 비교하면 히메지는 아직 부족한 면이 있다.

하지만 자각은 하고 있나 보다.

저렇게 후시미가 해주는 조언을 받아들일 때가 많다.

후시미는 연기 학원에 다니고 있고, 히메지도 어떤 스튜디오에서 보이스 트레이닝을 시작했다고 했다.

특히 히메지는 오디션을 대비해 시작했을 것이다.

나는 그 두 사람에게 응원해달라는 말을 들었다.

한쪽만 응원할 수도 없으니 양쪽 다 열심히 해줬으면 좋겠다.

주연이라고 했으니 뽑히는 사람은 한 명. 공연 횟수에 따라서는 두 명을 뽑기도 하는 모양이지만.

후시미가 말했던 최종 심사일과 마츠다 씨가 가르쳐준 최종 심사일은 같은 날이었다.

회장에서 딱 마주칠 수도 있을 것이다.

……이유가 뭐지? 내가 긴장되기 시작하는데.

뭐, 양쪽 다 떨어질 수도 있으니 너무 깊게 생각하진 말자.

방금 그 장면이 오늘 찍을 마지막 장면이었다.

엑스트라 역할을 맡은 반 친구들은 배고픔을 호소하며 작별 인사를 하고는 교실에서 나갔다.

히메지는 볼일이 있다고 했고(아마 그 보이스 트레이닝일 것이다), 후시미도 레슨이 있다고 했기에 나와 데구치, 토리고에만 남았다.

"어디 가서 밥이나 먹을까?"

데구치가 그렇게 말했다. 점심 식사를 조달하기 위해 편의점에 다녀온 다음. 열려 있던 식당에서 사 온 주먹밥을 먹기 시작했다.

"지금은 어느 정도야? 제작 진행도로 따지면."

"촬영만 따지면 얼마 안 남았어."

"오오."

소리 내어 감탄하는 데구치를 보고 팩 주스를 마시던 토리고에가 고개를 저으며 빨대에서 입술을 뗐다.

"하지만 타카모리 군은 편집을 하거나 음악을 넣는 작업을 해야 하니까."

"……어? 타카양, 작업량이 장난 아니겠는데?"

장난 아닌지 여부는 잘 모르겠다.

"그럼 전체로 따지면 몇 할 정도인데?"

"절반 정도?"

"으에엑……, 늦지 않게 끝낼 수……, 있겠지?"

토리고에가 의젓한 표정으로 대신 대답했다.

"늦지 않게 끝낼 거야. 타카모리 군이."

그렇긴 한데, 그건 내가 할 말이라고.

"열심히 해줘~, 타카양."

"그래, 그래."

나는 그렇게 적당히 맞장구를 쳤다.

"아, 그런데 그쪽은 어때?"

"아, 그거 말이지."

무슨 말인지 감이 딱 왔다.

"그쪽이라니, 그게 뭔데?"

토리고에가 의아하다는 듯이 물었기에 대답했다.

"저번에 다 같이 바다에 갔었잖아. 동영상을 찍었으니까 그걸 정리해볼까 싶어서."

내가 설명하자 토리고에는 음식물 쓰레기를 보는 듯한 눈빛으로 말했다.

"수영복을 입은 여자들 동영상을?"

이런 식으로 착각할 것 같아서 내가 반대했던 거라고.

"아니, 아니, 아니, 토리고에 씨, 그건 추억이라고. 추억 동영상이야. 몇 년 정도 뒤에 다시 보면서 그리워하는 동영상이야. 그 동영상만으로도 술을 한잔할 수 있는 거라고."

데구치가 빠른 말투로 변명했다.

그래도, 뭐, 그냥 명분이란 말이지, 그건. 사실 토리고에가 말한 게 데구치의 본심이다.

"나도, 다 같이 찍힌 영상이 있었으면 좋겠다 싶긴 했는데, 타카모리 군이 그걸 혼자서 빤히 바라보면서 편집한다고 생각하니까……."

토리고에의 목소리가 점점 작아졌고, 마지막 부분은 거의 입을 우물거리기만 하는 수준이었다.

"토리고에 씨는 부끄러워하는 것 같은데, 계속 파카를 걸치고 있었잖아. 그걸 벗지 않았던 게 난 한스럽다고."

너, 무슨 염치로 그런 소릴 하는 거야?

"히메지나 마나마나가 있는 곳에서는 못 보이겠으니까……."

비교당하면 괴롭다는 거구나. 하지만 그 비교 대상에는 후시미가 들어가지 않는 거고.

"자신감을 가지라고! 토리고에 씨도 괜찮은 걸 가지고 있으니까, 좀 더———."

"그만해, 멍청아. 이 성희롱맨."

이상한 엔진이 돌아가기 시작한 데구치에게 자중하라고 말렸다.

"다리도 예쁜 주제에!"

"그러니까 그만하라고."

나도 그런 생각을 좀 하긴 했지만.

콜록, 콜록, 토리고에가 사레들려 버렸다.

"아~, 저기, 토리고에. 맹세코 이상한 편집은 안 할 거고, 찍은 걸 그냥 이어붙이기만 할 거야."

"그럼, 응. 그런 거라면."

겨우 허락을 받았다.

데구치는 야한 쪽으로 쓸데없이 뜨거워지니까 정말 곤란하다.

오후부터는 놀기로 약속했다며 데구치는 자기 점심밥을 다 먹은 다음 재빨리 식당을 떠났다.

토리고에는 팩 주스만 마셨다. 그걸로도 충분하냐고 물어보니 '더위를 먹은 것 같아서'라고 대답했다.

더위를 먹은 경험이 없는 나는 몸 상태가 괜찮은 건지 걱정이 되었지만, 먹으면 속이 안 좋아진다는 대답을 들으니 더더욱 이해할 수가 없었다.

쪼르르륵, 토리고에의 주스가 거의 남지 않았고, 화제가 바닥난 타이밍에 나는 예전부터 생각하던 이야기를 꺼냈다.

"있지, 토리고에. 부탁할 게 한 가지 있는데."

"응?"

"내 영화에 출연해주지 않을래?"

"뭐?"

눈을 깜빡이고 있던 토리고에게 내가 설명을 이어나갔다.

"반에서 찍는 영화가 아니라, 내가 개인적으로 찍을 거."

"……."

이야기를 곧바로 이해하지 못한 건지 멍하니 있던 그녀가 그제야 입을 열었다.

"싫어."

나도 알고 있었어, 알고 있었다고. 이런 말을 신이 나서 받아들일 만한 타입이 아니니까…….

"히이나나 히메지가 있잖아. 왜 나한테."

"캐릭터를 따지면 말이지. 토리고에가 제일 잘 맞는 것 같거든."

"내가?"

응, 응, 나는 그렇게 말하며 고개를 끄덕였다.

기세에 몸을 맡기고 마구 휘갈겨 쓴 노트를 정리해서 토리고에 흉내를 내며 각본 비스무리한 것을 만들어보니 주인공의 이미지가 토리고에와 딱 맞았다. 후시미나 히메지, 마나와는 거리가 좀 멀다.

마츠다 씨에게 누군가 소개시켜달라고 부탁할까 생각도 해봤지만, 엄연히 사무소에 소속되어 있는 프로에게 부탁하는 건 껄끄러웠기에 포기했다.

토리고에에게 그렇게 설명했지만, 그녀는 고개를 저었다.

"절대로 못 해, 안 돼. 히메지의 절반만큼도 못할 테니까."

"그렇구나……."

그야 후시미에게 캐릭터를 만들라고 하면 어느 정도는 해내겠지만, 내용에 공감하지는 않을 것 같다.

캐릭터 이미지는 토리고에가 딱 맞는데 말이지…….

하지만 억지로 강요하고 싶지는 않고…….

"그럼, 저기……."

내가 곤란해하는 모습을 보다 못한 건지, 토리고에가 제안했다.

"꼬, ……꼬, 꼬셔줘."

"뭐?"

"내, 내가, 출연하고 싶어지게끔."

그렇구나, 내 의욕을 시험하려는 건가?

"그리고, 이 이야기, 히이나에게 했어?"

"안 했는데."

"해둬."

"어째서? 내가 멋대로 하는 건데."

"만약에 한다고 해도, 깔끔한 상태로 시작하고 싶으니까."

깔끔한 상태?

의미를 잘 이해할 수가 없던 나는 입속으로 그 말을 되뇌었다.

"어떤 내용인데? 타카모리 군이 부탁하는 건 드문 일이니까, 신경이 쓰여."

"말로 하기에는 좀 복잡한데━━."

내 설명 솜씨는 결코 능숙하지 않았기에 제대로 전달되었는지 모르겠다.

하지만 토리고에는 조용히 들어주었고, 때때로 질문을 했다. 학교 축제의 동영상을 만들던 때와 입장이 바뀌었다.

"좋네, 그런 거."

"그, 그래?"

아픔과 약함이 뭉친 덩어리에 빛이 비추어진 것 같은 느낌이 들었다.

"좋아해, 나."

"그, 그렇구나, 다행이네."

내가 안도의 한숨을 쉬고 있자니 토리고에가 살짝 미소지었다.

"그러니까……, 제대로 꼬셔줘야 해."

꼬신다고 해도 전혀 알 수가 없었기에 그 이후로 검색을 했다.

체계적인 내용밖에 나오지 않았기에 별로 참고가 되지는 않았지만, 아무튼 나는 토리고에에게 다가가야 하게 되었다.

하지만 일정상 촬영은 1주일 정도 쉬는 중.

만날 기회도 딱히 없었기에 나는 가끔 전화를 걸어서 내 영화의 내용을 토리고에에게 들려주는 걸 반복했다.

내용을 좋아한다고 말해주어서 의논의 허들이 꽤 내려간 느낌이었다. 거리낌 없이 뭐든 말할 수 있었다.

"아~, 역시 좋네, 토리고에는."

이야기가 일단락되자 깔려 있던 안개가 걷힌 것만 같았다.

『어? 뭐가.』

"이것저것 이야기를 나눌 수가 있으니까."

『……저기, ……뭐, ……그런가?』

작은 목소리로 조용히 말하는 토리고에.

『그런 말로 꼬실 줄은 몰랐는데…….』

"어?"

『아니, 아무것도 아니야.』

그런 느낌으로 몇 번 통화를 했다.

내일 후시미가 우리 집에 와서 숙제를 같이 할 거라는 이야기를 토리고에게 하자, '나는 괜찮아. 불러줘서 고마워'라는 대답이 돌아왔다.

오디션 당일.

나는 후시미와 함께 전철을 타고 몇 번 환승하며 최종 심사회장으로 가고 있었다.

"후시미, 괜찮아?"

"응. 나는 괜찮아."

"그렇구나."

나는 안절부절못하고 있다.

딱히 용건도 없는데도 휴대폰을 들여다보다가 주머니에 넣고, 다시 꺼내서 뜨지도 않은 알림을 확인했다.

"······료 군은 괜찮지 않은 것 같아."

후후후, 후시미가 웃었다.

"왠지 긴장된다고."

"어어~? 내가 보는 오디션인데~?"

"나도 왜 이런 건지 모르겠다고."

이상하네. 후시미는 그렇게 말하고 다시 밝은 미소를 지었다.

오디션 이야기를 하는 후지미의 입에선 히메지의 이름이 나오지 않았다. 그 반대도 마찬가지다.

정말로 모르는 것 같다.

둘 다 같은 오디션을 보고, 최종 심사까지 남게 되다니.

히메지는 이번 오디션에 대해 후시미 이야기뿐만 아니라 아예 말을 하지 않았기에, 나는 경과에 대해 전부 마츠다 씨에게 듣게 되었다. 고집이 세고 자존심이 강한 히메지다운 태도이긴 했다.

떨어지면 꼴사나우니까. 그렇게 생각하고 있을 것 같다.

가까운 역에서 내린 다음, 후시미가 휴대폰을 보며 회장까지 가는 길을 안내해 주었다.

양산을 쓰고 있어서 조금 시원하다.

"열두 명이야. 최종 심사까지 남은 사람. 대단하지?"

후시미는 마치 남 일인 것처럼 말했다.

밑져야 본전으로 보는 건가? 그런 생각이 들었지만, 아닌 것 같다.

"난 말이지, 어젯밤에 잠이 안 올 것 같았는데, 그냥 자버렸어. 아하하."

이상하게 밝은 모습에, 등하교를 할 때보다 말수가 많았다.

"미안해, 이렇게 더운 날에 같이 오게 해서. 원래는 아빠가 와 줄 예정이었는데, 일이 있는 모양이라. 아니, 혼자서 가도 되지만 말이지———."

"그러면 마음이 좀 나아져?"

"어?"

"아니, 아무것도 아니야."

중간에 들른 편의점에서 생수 페트병을 사서 뚜껑을 딴 다음,

후시미에게 건넸다.

"목마르지 않아?"

"아. 고마워."

그녀는 두 모금 정도 마신 다음, 후우~, 코로 숨을 내쉬었다.

낯선 거리를 나아가다가 좁은 골목길로 들어갔다. 모르는 지역에서 골목 안쪽으로 들어가게 되니 불안한 느낌이 드는 건 어쩔 수 없을 것이다.

그렇게 멈춰선 곳은 아무런 특징도 없는 건물 앞. 모든 창문이 반짝이며 빛나는 햇빛을 반사하고 있었다.

"이곳 3층에 있는 레슨 스튜디오인 것 같아."

나와 마찬가지로 후시미가 3층 창문을 바라보았다.

후시미는 심호흡을 한 번 했다. 아마 나보다 몇 배나 긴장했을 것이다.

"아, 물."

후시미가 페트병을 돌려주려 했지만, 나는 고개를 저었다.

"가지고 가. 아무것도 안 샀고, 안 먹었잖아."

"아, 정말이네. 그럼 고맙게 받을게."

좋아. 후시미는 그렇게 말한 다음 내게 손을 흔들며 건물 안으로 들어갔다.

끝날 때까지 어딘가에서 시간을 때울까.

그렇게 생각하고 있자니 귀에 익은 목소리가 들렸다.

"료……?"

"응? 아, 히메지."

그야 그렇겠지. 이미 도착해 있는 게 아니면, 오겠지.

마츠다 씨도 함께 왔다.

"여, 여긴 어떻게?"

"아니, 저기……."

뭐라고 해야 될까. 진짜로 후시미가 오디션을 본다는 걸 모르는 모양이네.

"최종 심사 현장까지 알아내서 여기까지 와버리다니……, 료는 스토커 재능이 있네요."

"그런 건 없어."

어흠, 마츠다 씨가 헛기침을 했다.

"룟쿵은 서프라이즈로 응원해주러 온 거야."

아니, 아닌데.

"그런가요?!"

히메지는 뒤로 돌아서 마츠다 씨를 보다가 곧바로 이쪽을 돌아보았다.

내가 아무렇지도 않게 거짓말을 하는 마츠다 씨를 흘겨보자 그는 맞춰달라고~, 라는 식으로 입을 움직이며 윙크를 하고 있었다.

"저기, 뭐, 그런 느낌이지."

딱딱하게 굳어 있었던 히메지의 표정이 화아아아악, 밝아졌다.

그녀도 그 사실을 눈치챈 건지, 곧바로 고개를 마구 저었다.

"이렇게 더운 와중에 고생이 많으시네요. 응원해달라고는 했지만, 이런 형태로 해주실 줄은 상상도 못 해서, 기쁘……, 그게 아니라, 음……."

"열심히 해, 히메지."

"구, 굳이 말하지 않아도 그럴 생각이에요."

그럼. 히메지는 그렇게 말한 다음 안으로 들어갔다.

그녀의 모습이 완전히 보이지 않게 되자, 마츠다 씨가 안도의 한숨을 크게 내쉬었다.

"다행이야아. 롯쿵, 잘했어."

나와 마츠다 씨는 근처에 있던 카페에 들어가 테이블석에 마주 보고 앉았다.

각자 주문한 아이스 커피를 빨대로 한 모금 마셨다.

그렇게 숨을 돌린 다음, 마츠다 씨가 말했다.

"오늘은 안 되려나……, 그렇게 생각하고 있었는데 너를 본 순간에 표정이 완전히 바뀌었다니까."

"아, 잘했다는 게 그런 뜻이었군요."

"그래."

보아하니 히메지와 마츠다 씨는 사무소에서 같이 온 모양이었다. 히메지는 오던 도중에 완전히 긴장한 모습이라 꽤 걱정되었던 것 같다.

"늑대를 보고 겁을 먹은 토끼 같았다니까."

"뜻밖이네요. 아이돌 활동을 했었으니까 이런 건 익숙할 줄 알았는데."

"아이돌 오디션이라면 긴장 같은 거 안 했겠지만, 장르가 다르니까. 이번 오디션을 대비해서 여러모로 노력하기도 했고."

빨대로 컵을 휘젓자 달그락, 얼음이 시원스러운 소리를 냈다.

"그런데 너를 만난 토끼가 단숨에 여자애의 표정으로 바뀌었으니, 놀랄 만도 하지."

"너무 당당하게 거짓말을 하길래 오히려 제가 깜짝 놀랐다고요."

"있지, 왜 거기에 있었던 거니? 설마 진짜로 아이카를 기다리고 있었던 건 아니지?"

"아……, 사실."

나는 이번 오디션에 대해 어째서 자세히 알고 싶어 했는지 그제야 이유를 말했다.

"그렇다면 롯쿙은 그 소꿉친구하고 같이 온 거야?"

"네."

"일반인……? 사무소는?"

"아마 아직 없을 거예요."

"어머나. 그 애잖아. 1차부터 유일하게 올라온 애가 있다고 소문이 났던데."

1차는 99퍼센트 떨어진다고 마츠다 씨가 예전에 말한 적이 있다. 심사를 계속 통과하는 건 더 힘들 것이다.

후시미가 진짜 대단하긴 하구나…….

"같은 반에다 소꿉친구인 애들이 말이지……, 이런 경우도 있구나."

그렇게 중얼거린 마츠다 씨는 회장이 있는 건물 쪽을 돌아보았다.

◆후시미 히나◆

료 군에게 받은 물을 한 모금 마셨다.

진정이 안 된다.

휴대폰을 보려 하다가 쓸데없이 집중을 방해하는 건 싫었기에 가방에 넣었던 손을 테이블 위에 다시 올려놓았다.

집합 시간이 20분 정도 남은 대기실에는 나 말고도 두세 명이 있었다. 중학생 정도로 보이지만 정말 예쁜 애, 그리고 비슷한 나이 또래인 것 같지만 엄청 어른스러운 애가 지금 나처럼 긴장한 모습을 보이고 있었다.

"좋은 아침입니다."

철컥, 대기실의 수수한 문이 열리고 또 귀여운 애가 들어왔다.

"잘 부탁드립니다."

예의 바르게 인사를 하고 고개를 들자 눈이 마주쳤다.

들어온 사람은 아이였다.

아는 사람을 만나게 되자 마음이 놓여서 무심코 말을 걸 뻔했지만, 인사를 마친 아이는 나를 보고 표정이 갑자기 진지해졌다.

옆을 지나치는 순간, 조용히 '지지 않을 거예요'라는 목소리가 들렸다.

"나도."

떠나가는 그녀의 뒷모습을 향해 그렇게 말했다.

아이돌 활동을 했다는 건 알고 있다.

그런데 여기 있는 걸 보니 정말로 그랬던 모양이다. 예전에 료군네 집에서 합숙을 했을 때도 그런 이야기를 했었다.

어떤 숙명인 건 아닐까.

같은 오디션을 보고, 최종 심사까지 둘 다 남게 되다니.

둘 중 한 명이 합격할 수도 있고, 둘 다 떨어질 수도 있다.

───단, 둘 다 합격할 수는 없다.

이런 상황에서까지 아이와 경쟁하게 될 거라면 차라리 둘 다 떨어져 버리면 좋았을 텐데, 그런 생각이 약간 들었다. 그러는 게 마음이 더 편하니까.

하지만, 지고 싶지 않다는 것도 사실이었다.

선전포고를 한 아이는 가까운 곳에 앉지 않고 오히려 내게서 제일 멀리 떨어진 자리에 앉았다.

수다를 좀 떨면 긴장을 풀 수 있을 텐데, 그렇게 멀리 갈 필요는 없잖아.

대기실에 긴장감이 감돌아서 숨이 막히는 것 같았다.

잠시 후, 시간이 되자 젊은 남자분이 대기실로 왔다.

"좋은 아침입니다."

좋은 아침입니다, 모두들 그렇게 인사했다. 아이도 들어왔을 때 그렇게 인사를 하던데, 아침이 아니라도 좋은 아침이라고 인사하는 모양이었다.

나도 뒤늦게나마 좋은 아침입니다라고 인사를 했고, 남자분이 설명을 시작했다.

참가 번호순으로 불려가서 다른 방에서 개별적으로 심사를 한다고 한다. 곧바로 첫 번째 참가자가 호출되었고, 자리에서 일어나 남자분과 함께 나갔다.

15분 정도 지나자 첫 번째 참가자가 돌아왔다. 곧바로 다른 애가 불려가서 15분 정도 만에 돌아오자 또 다른 애가 불려갔다. 내 참가 번호는 알고 있긴 하지만, 여기 있는 사람들의 참가 번호는 모르니까 한동안은 더 긴장해야만 할 것 같다.

다음에 호출당한 사람은 아이였다.

아이는 대답을 하고 일어서서 대기실을 나섰다. 나는 마음속으로 응원했다.

마찬가지로 15분 정도 지나자 안내를 맡은 남자분이 왔다.

"다음. 후시미 히나 양."

"네, 네."

"아직 하고 있긴 한데, 이제 곧 끝나니까 가자."

네, 다시 그렇게 대답한 다음, 나는 볼을 찰싹찰싹 두드렸다.

복도로 나가자 자기 차례가 끝난 아이가 인사를 하고 방에서 나오던 참이었다.

스쳐 지나가는 순간에 아이가 손을 내밀었기에 나도 손을 내밀었다.

짜악, 가볍게 하이파이브를 했다.

"열심히 하세요."

"고마워. 다녀올게."

스쳐 지나간 뒤에 남자분이 의아하다는 듯이 돌아보았다.

"아는 사이야?"

"네. 같은 반의 소꿉친구예요."

호오, 대단하네. 남자분은 그렇게 말하며 감탄했다. 문앞에 도착한 뒤에 '자기 타이밍에 맞춰서 들어가도 돼'라고 했기에 나는 심호흡을 한 번 했다.

진로조사 때 제출한 종이와 내가 쓴 글씨를 떠올렸다.

⋯⋯될 거야. 될 거라고.

이 오디션을 통해서 여배우가 될 거야.

◆타카모리 료◆

히메지가 우선 마츠다 씨에게 연락했다. 카페에 있다는 걸 가르쳐주자 잠시 후에 후시미에게도 연락이 왔다.

"나도 보고 싶네. 그 소꿉친구."

마츠다 씨가 그렇게 말했기에 히메지와 마찬가지로 카페로 오라고 했다. 히메지에게서 최종 심사 이야기를 듣고 있자니 후시미가 금방 왔다.

"어? 저 애야? 저 애야?"

마츠다 씨가 반복해서 말했기에 내가 고개를 끄덕이자 '어머나⋯⋯, 귀엽, 어머, 귀엽'이라고 이해가 잘 안되는 반응을 보이고 있었다.

우리를 알아본 후시미에게 손을 들자 그녀가 마츠다 씨를 보며 의아하다는 표정을 지었다.

"이쪽은 마츠다 씨. 내가 아르바이트하고 있는 곳 사장님이고."

히메지가 이어서 말했다.

"제가 소속되어 있는 사무소의 사장님이에요."

"그렇구나. 처음 뵙겠습니다. 후시미 히나예요."

그렇게 간단히 자기소개를 마쳤다.

"후시미, 대단하구나. 서류부터 최종 심사까지 올라오다니."

"아뇨, 아뇨, 그렇지는……, 아하하."

히메지는 주문한 믹스 주스를 쪼르륵, 빨대로 빨았다.

"연극 공부를 하고 있다는 이야기는 들었는데요. 같은 오디션 최종 심사 회장에서 마주칠 줄은 몰랐네요."

"그러게. 나도 깜짝 놀랐다니까."

"저도 마찬가지예요."

후시미가 말을 할 때마다 마츠다 씨가 빤히 바라보았다. 마치 스캔을 하는 것처럼, 후시미를 보고 알아낼 수 있는 정보를 전부 흡수하려는 것 같았다.

최종 심사는 내가 생각했던 것과는 다르게 간단한 질문과 근황을 곁들인 잡담, 그리고 나중에 어떻게 되고 싶은 가에 대한 이야기를 주로 했다고 한다. 후시미와 히메지, 둘 다 마찬가지였다.

"나도 그걸로 해야지~."

히메지가 마시던 음료수를 보고 후시미가 일어선 다음, 같은 믹스 주스를 작은 쟁반에 담아서 돌아왔다.

"연기 심사나 노래 같은 건 안 했나 보네."

"그건 2차하고 3차 때 했어요."

아, 그렇구나. 이미 봤으니까 됐다는 건가?

"심사 중 모습을 확인하고 싶을 때를 대비해서 심사를 촬영하거든."

마츠다 씨도 보충 설명을 해주었다.

최종 심사가 심사라기보다는 면담에 가까운 것도 이해가 된다.

후시미도 그렇고 히메지도 결과가 신경 쓰이는지 이야기를 하다가 끊어지면 안절부절못하고 있었다.

"신경 써봤자 소용이 없단다. 심사를 본 걸 기억에서 지우는 것 정도가 딱 좋아."

마츠다 씨가 일정에 대해 물어보았고, 딱히 일정이 없었던 우리를 근처까지 차로 태워주겠다고 했다.

고급 세단 뒷좌석에 타자 후시미가 뒤따라 탔다. 히메지는 반대쪽 문을 열고 탔다.

조수석에 타라고. 조용히 그렇게 말했지만, 두 사람은 못 들은 건지 앞자리에 타지 않았다.

사이에 낀 나를 백밀러로 힐끔 본 마츠다 씨가 살짝 웃었다.

"양손의 꽃이구나. 꽃이라기보다는 여신인가?"

놀리는 듯한 말투였다.

피곤한 건지 양쪽 옆에 앉은 사람들이 곧바로 잠들어버려서 차 안은 침묵일 때가 많았다.

"후시미에게 우리 사무소를 은근슬쩍 선전해줘, 롯쿵."

"은근슬쩍이라뇨."

"그래도, 아이카도 있으니까 같이 해보는 게 어때? 하면 무슨 지역 스포츠팀에 권유하는 것 같잖니."

나는 무심코 쓴웃음을 지었다.

아이돌을 프로듀스하는 마츠다 씨에게도 후시미는 매력적으로 보인 모양이다.

정말로 무적 주인공이라는 느낌이구나, 후시미는.

사례가 별로 없다는 서류 심사 통과를 해내고, 최종 심사까지 남았으니까. 어쩌면 덜컥 합격해버리지 않을까?

"……왜 분한 듯한 표정을 짓고 있니?"

"네? 그랬나요?"

"그래. 부럽다고 얼굴에 쓰여있더라."

"부럽지는 않아요. 연예인이 되고 싶은 건 아니니까."

"그게 아니라. 다른 사람에게 인정받는 거 말이야."

쿠웅, 총알이 가슴 한복판을 꿰뚫은 것 같은 기분이 들었다.

"한창 그럴 때지. ……영화, 다음에 보여주렴."

"상관없긴 한데, 질이 엄청 떨어질 텐데요?"

"나는 그쪽 프로가 아니지만, 프로가 어떤 생각을 하면서 영상을 찍어서 작품을 만드는가 정도는 가르쳐줄 수 있으니까."

"가, 감사합니다. 그럼 다음에 부탁드릴게요."

네에에~, 마츠다 씨는 그렇게 노래를 부르는 듯이 대답했다.

⑨ 결과

　8월에 접어들어서 며칠 정도 쉬었던 촬영을 다시 시작할까 생각하고 있던 참에 영화 제작 그룹 채팅방에 후시미가 보낸 메시지가 떴다.

　『몸이 좀 안 좋아서. 오늘 촬영 좀 쉴게⋯⋯! 미안해.』

　내가 대답하기도 전에 반 친구들 몇 명이 건강을 걱정하는 메시지를 띄웠다.

　촬영은 종반으로 접어들고 있다. 현장에서는 골치가 아플 정도로 열기를 보이는 후시미가 아무런 생각도 없이 쉴 것 같지는 않았다.

　나는 의아해하면서도 후시미에게 따로 메시지를 보내두었다. 푹 쉬어, 진행 상황에 대해서는 신경 쓰지 않아도 돼, 라고.

　『고마워. 미안해.』

　답장은 그렇게만 왔다. 그룹 채팅방에서는 반응을 보이지 않았던 히메지와 토리고에도 따로 메시지를 보냈을 것이다.

　촬영 일정이 없어졌기에 편집 작업이라도 할까 생각하던 참에 띵동, 띵동, 띵동, 초인종이 연달아 울려댔다.

　"이렇게 누를 만한 사람은⋯⋯."

　나는 어이없어하면서 일어나 방을 나선 다음, 현관문을 열었다.

　그곳에 있던 사람은 예상했던 대로 히메지였다.

"료."

"이봐, 어린애도 아니고 그렇게 연달아——."

누르지 말라고, 그렇게 말하려던 참에 히메지가 활짝 웃으며 달려들어 나를 끌어안았다.

"합격했어요. 최종. 합격했다고요, 저."

"어? 어? 어어어, 오? 오오……?"

한순간 무슨 이야기인가 싶어서 애매하게 대답해버렸는데, 최종이라는 단어를 머릿속으로 되풀이하다보니 겨우 이미지가 떠올랐다.

"대, 대단하네, 히메지!"

"해냈어요, 해냈어요! 제가 해냈다고요!"

히메지는 조금 폴짝폴짝 뛰면서 그야말로 어린애처럼 기뻐하는 모습을 보였다.

"축하해."

"네! 저기——."

히메지가 뭔가 이야기하려던 참에 철컥, 뒤에서 거실 문이 열렸다. 히메지가 내게서 재빠르게 물러섰고, 마나의 목소리가 들렸다.

"왜 그렇게 떠드는 거야~. 남의 집 현관에서~."

"죄송합니다. 보고드리고 싶은 게 있었거든요."

"오빠야~, 자. 뭔가 할 말 있지?"

마나가 위쪽을 턱으로 가리켰다.

방으로 가라는 거구나.

아직 흥분이 가라앉지 않은 것 같은 히메지를 방으로 안내했다.

……그렇다면, ……후시미는…….

"심사 연락은 우선 사무소로 오는데요. 좀 전에 마츠다 씨에게 이야기를 듣고 정말 놀라서……."

연락을 받은 순간이 떠올랐는지, 히메지는 다리를 버둥거리고 침대를 탁탁 두드리며 기쁨을 곱씹었다.

"저하고 히나, 둘 중 누구를 응원했나요?"

"……둘 다."

"에휴~. 이럴 때는 빈말이라도 저라고 해야 하는 것 아닌가요?"

마치 연기 같은 투로 한숨을 쉬던 히메지가 다시 미소를 지었다.

"뭐, 됐어요. 료에게는 그럴싸한 말을 원하지 않으니까요."

"그게 무슨 소리야."

히메지는 내가 투덜대는 것도 아랑곳하지 않고 기분 좋게 웃었다.

"응원해준다고 약속해줬으니까, 저는 그걸 믿고 노력했어요. 료에게는 조금이나마 고마워해도 될 것 같네요."

"노력할 이유가 되었다면 영광이고."

히메지는 마음을 다잡으려는 듯이 어흠, 능청스럽게 헛기침을 했다.

"저를 응원해준 것 같은 료에게 제일 먼저 알려주고 싶어서 서둘러 왔어요."

"……고맙네?"

응원해준 것 같다니, 나를 그렇게 못 믿는 거야?

히메지가 다리를 꼬더니, 가슴에 손을 대고는 나를 빤히 바라보았다.

"심사에 통과했으니 료에게는 제게 키스를 할 수 있는 권리를 드리죠."

"그게 무슨 소리야."

"드릴게요."

"어? 왜."

"드릴게요."

"……응. 고마워……?"

내가 의아하다는 듯이 고맙다는 인사를 하자 히메지가 자신만만한 미소를 보였다.

"그래도, 료는 안 하겠죠."

"뭐, 그렇지."

그런 권리를 달라고 한 적도 없고.

"왜냐하면, 저와 키스를 해버리면 분명 저를 좋아하게 되어버릴 테니까요."

자신감이 정말 대단하네.

"저를 좋아하게 될 각오가 생기면, 그때는………………."

뭔가 말하려고 하다가 망설이던 히메지의 얼굴이 서서히 빨갛게 물들기 시작했다.

"키스……, 해도 좋아요."

자신만만하던 목소리는 점점 줄어들더니, 방 안이 아니었다면 알아듣지 못했을 정도로 작아졌다.

……각오.

좋아하게 될, 각오.

그 말은 내게 잘 먹혔다. 아마 히메지에게는 그럴 의도가 없었겠지만.

이야기가 일단락되자 나는 부엌에서 보리차 두 잔을 챙겨서 방으로 돌아왔다.

"료. 히나 일, 알고 있었나요?"

"촬영을 쉬겠다는 그거?"

"네. 저는 방금 알았는데요."

"히메지에게 합격 연락이 온 걸 보면 후시미도 받았겠지."

"그래서인 걸까요?"

아니, 히메지, 오늘 촬영을 안 한다는 걸 알지도 못하고 우리 집으로 온 거야?

"최종 심사는 전화로 합격 여부를 알려주는 모양이라서요. 마츠다 씨에게 이야기를 들어보니 합격은 합격이긴 한데———라는 느낌으로 평가 같은 것도 약간 들었던 것 같아요."

연기력과 가창력, 기타 등등 여러 가지를 지적당했다고 한다.

그거, 합격 맞지? 하는 생각이 들 정도로 엄한 의견을 들은 모양이다.

"보통은 사무소를 통해서 듣겠지만, 무소속인 히나는 그 평가를 직접 들었을 거예요."

"어째서 그렇게 심한 짓을……."

결국 중요한 건 어째서 떨어진 건지, 뭐가 부족했던 건지, 그거라는 거겠지.

"특히 최종 심사는 불합격입니다, 라는 한마디로는 납득하지 못하는 분도 많을 테니까요."

후시미네 집에 가야겠다고는 생각하지만, 뭐라고 말해야 할까. 위로든 격려든 내가 해봤자 효과가 없지 않을까?

"서로 원망하지 않기로 생각하고 있었는데, 저도 얼굴을 마주 보면 뭐라고 해야 할지 잘 모르겠어요……. 한동안은 조용히 내 버려 두는 게 나을지도 모르겠네요."

내가 고개를 끄덕이자 히메지는 이번에 따낸 주연 역할에 대해 가르쳐 주었다.

후시미가 촬영을 쉰 지 며칠이 지났다. 그 이후로는 전혀 연락이 없었다.

'숙제 좀 봐줄래?'라고 메시지를 보내서 만날 구실을 만들려 했지만, 읽기만 하고 답장이 없었다.

괜찮은 구실이라 생각했는데, 다른 사람을 만나고 싶지 않을 정도로 충격을 받은 듯하다. 아니면 말 그대로 몸이 계속 안 좋은 건가? 그것도 나름대로 걱정되는데.

히메지도 그렇고 토리고에도, 마나와 데구치도 후시미를 신경 쓰고 있었다. 나 말고 다른 사람들도 연락을 받지 못한 모양이었다.

다음 촬영일 전날.

나는 확인하는 의미도 담아서 일정을 그룹 채팅방에 올려두

Illustrations copyright © Fly

었다.

후시미가 알겠다는 스탬프를 올렸으니 내일은 아마 괜찮을 것 같다.

금방 마음을 추스를 수 있는 건 아니겠지만, 아무튼 촬영은 할 수 있을 것 같았다.

당일에 본 후시미는 척 보기에 평소와 마찬가지였다. 기운이 넘치고 밝은 모습으로 다른 사람들에게 미소를 보이고 있었다. 촬영도 늦어지긴 했지만, 지장이 생길 정도로 늦어지지는 않았기에 순조롭다고도 할 수 있었다.

"히이나, 건강해져서 다행이야."

교실에서 촬영하던 도중에 토리고에가 조용히 말했다.

"그러게~. 감기 같은 거였는지도 모르겠네."

마나도 안심한 듯한 표정을 짓고 있었다.

후시미는 기운이 빠지기는커녕, 평소대로였다. 완벽했다.

"어쩌면 진짜로 몸이 안 좋았던 것뿐일지도 모르겠네요."

히메지도 그렇게 말했다.

"고생 많으셨습니다~."

오늘 하루 찍을 분량을 마치자 데구치가 기운차게 인사하며 마무리했다.

"나, 숙제해야 하니까, 먼저 갈게."

해산하게 되자 후시미는 미소를 남기고 제일 먼저 집에 갔다.

나가서 점심 식사를 하자는 이야기가 나왔지만, 나는 짐을 챙겨서 서둘러 학교를 나섰다.

후시미를 쫓아가서 개찰구를 지나 같은 전철을 겨우 타자 옆 차량에 있던 후시미를 발견했다.

마치 마음이 다른 곳에 있는 것처럼, 후시미의 빈 껍질 같은 여자애가 자리에 앉아 있었다.

후시미의 모습을 모방해서 만들었지만 감정이 없는 안드로이드 같았다.

여, 고생했어. 오늘도 괜찮더라. ……이건 약간 서먹한 느낌이다. 그럼 뭐라고 말을 걸어야 하지?

나, 아직 숙제를 안해서, 같이 하자……? 무난한 것 같긴 하지만, 비슷한 메시지를 보냈을 때 무시당했단 말이지…….

그렇게 고민하던 와중에 집에서 가까운 역에 도착했기에 전철을 내렸다. 하지만 후시미가 내리지 않았다.

"어?"

그러다 못 내린다, 후시미, 그렇게 생각했을 때 출발 안내가 나왔기에 나는 전철 안으로 돌아왔다. 푸슉, 곧바로 문이 닫혔고 전철이 조용히 출발하기 시작했다.

"후시미."

옆쪽 차량으로 넘어간 나는 겨우 말을 걸었다.

이쪽으로 고개가 돌아가고, 멍하니 있던 눈동자가 또렷해졌다.

"료 군."

"지나쳐버렸잖아."

"아, 정말이네."

나는 옆에 앉아서 낯선 풍경을 차창 너머로 바라보았다.

"멍하니 있으니까 그렇지."

"후후. 정말이네. 조심해야겠어."

나는 그 미소를 본 적이 있다.

"있지, 거짓말 아니야?"

"뭐가?"

"숙제. 남아있다는 거."

"왜 그렇게 생각해?"

"항상 7월 안에 끝내잖아."

끝내지 못한 내 숙제를 도와준다———, 초등학교 여름방학 때 는 항상 그랬다.

"올해는 바빠서."

"그럼, 뭐, 상관없지만."

후시미가 8월까지 숙제를 끝내지 못했다는 게 오늘 든 위화감 중 하나였다.

"저번에는 종점까지 가버렸잖아. 내가 응석을 부려서."

"저번에 학교 갈 때 얘기야?"

지금은 집으로 가는 방향이니 저번과는 반대 방향이다.

한 정거장 떨어진 역에 도착했는데도 후시미는 내리자고 하지 않았다.

"또 종점까지 가볼까."

딱히 일정이 있는 것도 아니다. 숙제는 아직 서두르지 않아도 될 것이다.

"응. 찬성."

거기에 딱히 뭐가 있는 것도 아니고, 뭐가 있는지도 모른다.

점점 줄어드는 승객. 풀과 밭, 산이 차창 너머로 보이는 횟수가 늘어나기 시작했다.

시간이 지나 도착한 종착역은 자그마한 건물이 하나 있기만 한 무인역이었다. 주위는 산으로 둘러싸여 있고, 옆에 강이 흐르고 있었다.

건물 밖에는 자판기가 덩그러니. 낡은 개인 상점이 하나 보였다.

"덥네. 살이 타겠어."

그러게. 나는 그렇게 맞장구를 쳤다. 아무도 오지 않는 역 건물 밖에 있던 벤치에 앉아 별 것 아닌 이야기를 나누었다.

역시 오늘 신경 쓰이는 위화감 두 번째.

계속 신경 쓰이니까 말해야겠다.

"저기, 후시미. 언제까지 계속 그런 미소를 짓고 있을 거야?"

"어?"

"내가 착각한 건지도 모르겠지만."

"안 돼, 료 군."

"뭐가?"

"이러고 있지 않으면, 나, 울어버릴 테니까."

미소였다.

하지만 안쓰럽다는 형용사를 붙여야 할 것이다.

"이러고 있지 않으면, 다른 사람들에게 또 폐를 끼칠 테고, 촬영도 제대로 할 수 없을 거야. 한 번 쉬어버렸으니까."

어째서 그런 상태가 되어버린 건지, 짐작 가는 건 한 가지밖에 없었다.

"……오디션 이야기, 들었어."

"응."

아직 그녀는 미소를 짓고 있었다.

나는 후시미의 하얀 볼을 잡고 쭉쭉 당겼다.

"아, 잠깐. 아얏. 뭐 하는 거야."

"웃지 마. 웃지 말라고. 걱정이니 뭐니, 그렇게 다른 사람을 신경 쓰지 말라고."

주인공력이 강한 후시미는 원하는 대로 살아왔다. 내게는 100 미터나 되어 보이는 벽도 후시미는 가볍게 넘어왔다.

그럼에도, 이번에는 실패했다.

"울지 그래?"

"그게, 무슨 소리야……."

"이럴 때 정도는, 웃지 말고 울라고."

"웃지 말라고 하고, 울라고 하고, 아까부터 말하는 게 엉망진창이야……."

그녀의 눈에 눈물이 맺혔다. 눈가가 빨개지기 시작했다.

"료 군. 올림픽 경기가 끝나고 인터뷰를 할 때 좋은 결과를 내지 못한 사람이 응원해준 분들께 죄송하다고 하잖아. ……그거야. ───지금, 나, 그거야."

……내가 응원해줬다고 생각해서 더 힘들었다는 건가?

나 같은 건 신경 안 써도 되는데.

오히려 내가 항상 폐를 끼치고 있는데.

"마츠다 씨가 그랬는데. 그런 경우가 거의 없대. 사무소에 소속되어서 외모나 실력이 어느 정도 인정받은 엘리트들만 있는 와중에 일반 참가로 올라왔고, 최종 심사까지 남은 후시미는 꽤 대단한 거야."

2차, 3차 때 연기와 노래 심사를 했다고 들었다.

그건 충분히 인정받았다는 뜻이다.

"안 돼, 칭찬하지 마……."

후시미는 떨리는 목소리로 말하더니 입술에 힘을 주고 입을 다물었다.

마츠다 씨가 말한 것처럼, 나는 다른 사람들에게 인정받기 시작하던 후시미가 부러웠다.

하고 싶은 일이 하나 정해져 있고, 노력할 수 있는 후시미가 부러웠다.

하지만, 존경했던 것도 사실이다.

"한 번 쉬긴 했지만, 그런 일이 있었는데도 오늘 촬영은 거의 완벽했어."

"그만하라니까……."

후시미는 말리려는 듯이 내 옷소매를 붙잡았다. 하지만 나는 그만두지 않았다.

"무슨 일이 있었다는 사실을 전혀 눈치채지 못하게 했어. 아무도 오늘 후시미를 보고 걱정하지 않았다고. 완벽했다니까."

코를 훌쩍이는 소리가 옆에서 들렸다.

"어엿한 여배우네, 후시미."

후시미의 머리 위에 손을 올리자, 그녀가 흐느끼며 살짝 울었다.

"분했어⋯⋯."

응, 나는 그렇게 맞장구를 쳤다.

"분했다고⋯⋯."

응, 다시 그렇게 맞장구를 쳤다.

"잠깐 하는 심사로 내 뭘 알 수 있다는 거야⋯⋯."

그러게. 나는 그렇게 말하며 등을 쓰다듬어 주었다.

어깨를 떨면서 울음소리를 내는 후시미.

나, 히메지, 후시미, 마나 중에서 제일 울보였던 건 후시미였다.

쓸쓸한 일, 슬픈 일이 생겼을 때는 물론이고, 화를 내고 싶어도 성격이 착해서 그런지 화를 내지 않고 울 때가 대부분이었다.

언제부터인지, 후시미의 부정적인 감정 표현은 우는 것에서 미소로 바뀌었다. 오늘 학교에서 보이던 미소는 어떤 감정에도 뚜껑을 덮을 수 있는 후시미의 특기다.

"료 군은 칭찬해 주지만, 사실 나는 나쁜 애니까."

또 그 이야기구나.

"료 군이 나를 신경 써주고, 걱정해주고, 쫓아와 주고, 이렇게 위로해주고, 가짜 미소를 짓고 있으면 료 군만이 눈치채주고⋯⋯, 그게, 정말 기뻐⋯⋯."

"눈앞에 풀 죽은 녀석이 있으면 당연히 위로해주지."

"불합격 전화를 받았을 때도 마음 한구석에는 그걸 계산해버리는 내가 있어……. 분명 이 사실을 말하면 료 군이 내게 자상하게 대해줄 거라고…….”

아, 그래서 내 앞에서도 그 미소 가면을 쓰고 있었던 거구나. 내가 걱정하거나 자상하게 대해주지 않게끔.

“저기, 그게 그렇게 나쁜 짓이야?”

“그것뿐만이 아니야. 나는……, 료 군이 아이를 좋아했는데, 끼어들어서———!”

후시미는 말을 집어삼키려는 듯이 입을 다물었다.

“……노트에, 고등학생이 되면 키스할 거라고 적었어?”

내가 그렇게 묻자 후시미가 떨면서 턱을 살짝 당겼다. 역시 그랬구나.

“멋대로 적고, 약속한 걸로 했어. 좋아하는 사람……, 아이 이름이 적혀 있던 페이지를 찢기도 했고.”

그러고 보니 이상하게 찢어진 페이지도 있었지.

“야, 약속, 날조한 것도 몇 개 있어.”

진짜로? 이봐, 방금 꽤 엄청난 말을 했는데.

“잔뜩, 잔뜩, 치사한 짓을 했으니까……, 사실, 내게 료 군의 자상함을 받아들일 자격 같은 건 없어.”

음……, 그런가?

“아니, 있는데.”

“어?”

울먹이며 눈가가 빨개진 후시미가 이쪽을 보았다.

“나는, 후시미에게 엄청나게 도움을 받았어. 충분하고도 남을

Illustrations copyright © Fly

정도로 있잖아."

"없어. 없다면 없는 거야."

"어린애냐."

"나는, 료 군에게 가장 소중한 소꿉친구가 아니었으니까, 어떻게 해서든 가장 소중한 사람이 되고 싶었어."

눈앞에서 그런 말을 하면 쑥스럽기도 하고 곤란하기도 하다……, 쑥스럽곤란하다.

히메지가 했던 말이 8할 정도는 사실이었던 거다.

약간 놀라운 커밍아웃이긴 했지만, 그 사실을 알았다고 해서 후시미를 다르게 보지는 않을 테고, 관계를 나쁘게 할 생각도 없었다.

훌쩍훌쩍 울던 후시미는 잠시 후에 울음을 그쳤다. 젖어 있던 속눈썹도 말랐다.

감상에 취해 있었을 때는 별다른 생각이 없었는데, 왜 이런 곳까지 와버린 걸까. 벤치 바깥쪽으로 뻗은 발 근처에서는 일개미가 먹이를 나르고 있다. 올려다본 높고 푸른 하늘에는 솔개가 기분 좋게 날고 있다.

"갈까."

내가 일어서자 후시미도 고개를 끄덕이고 일어섰다.

낯설게 들리는 서투른 말씨의 안내 방송이 전철이 도착했다는 걸 알려주었다. 멀리 떨어진 곳에 있던 건널목의 경보기가 울리며 차단봉이 내려갔다.

"있지, 료 군."

"응?"

"계속 그런 소리 하면, 내가 치사한 짓만 해버리게 될 텐데. 그래도 괜찮아?"

"그런 식으로 말하면 허락 못 하지."

"어~?! 아까 했던 이야기하고 다르잖아~?!"

후시미는 장난처럼 화를 내며 입술을 삐죽댔다.

"그런 이야기는 한 적 없다고."

내가 쓴웃음을 짓자 후시미가 뭔가 생각난 듯이 방긋 웃었다.

"에잇."

내게 달려들더니 끌어안고 떨어지지 않았다.

"야, 떨어져. 전철 오잖아."

"네에~."

혀를 낼름 내민 후시미는 물러서서 거리를 두었다.

"있지, 료 군———?"

바퀴와 선로가 삐걱대는 소리를 울리며 전철이 승강장에 도착했다.

나는 후시미의 제안으로 딱 하나 약속을 나누었다.

⑩ 그녀를 위해서

"여름방학은 언젠가 끝나잖아요."

나는 아르바이트를 하던 도중에 드디어 그 화제를 꺼냈다.

무슨 말을 하려는 건지 짐작한 듯한 마츠다 씨가 목을 움츠리며 경계하는 듯이 이쪽을 보았다.

"그, 그런데, 왜?"

"가지고 싶었던 것도 샀으니, 여름방학이 끝나면 여기도———."

"안 돼. 그런 말 하지 마!"

그만두게 해주세요라고 말하려 하자, 마츠다 씨가 알아챘는지 억지로 말을 가로막았다.

"큥, 나를 저버릴 생각이니?!"

"아뇨, 저버리다니, 무슨 호들갑을……."

롯큥이라는 호칭도 질렸는지, 아니면 부르기 귀찮아진 건지, 마츠다 씨는 나를 '큥'이라 부르고 있었다.

"새로 사람을 고용하면 되잖아요."

"큥처럼 능력 있는 남자가 오리라는 보장이 없잖니."

왜 남자 한정인데.

"능력 있는 사람을 고용하면 돼요."

"채용은 뽑기야. 뽑기나 마찬가지란다."

"저도 이해하기 쉬운 말이네요, 그거."

전자기기나 기계를 싫어하던 마츠다 씨의 버릇은 내가 최근에 가르쳐준 소셜 게임에 빠진 덕분인지 꽤 많이 개선되었다. 지금 마츠다 씨는 게임에서도 아이돌을 육성하고 있다.

"어흠. 후시미라고 했나? 그 애, 그 이후로 어떻게 되었어?"

곧바로 화제를 돌리는 마츠다 씨.

"오디션에서 떨어져서 풀이 죽긴 했는데, 이제 괜찮은 모양이에요."

다음에 다 같이 여름 축제에 가자고 약속한 참이다.

"그래. 그거 다행이구나. 사무소, 혹시 괜찮다면 우리 쪽으로 오지 않을래? 그렇게 전해주렴."

마츠다 씨가 자리에서 일어나 '자, 여기 명함'이라며 마츠다 씨의 명함을 건넸다.

"이 업계에 대해 진심으로 고려하고 있다면 오라고 전해줘."

"네."

나는 명함을 잃어버리지 않게끔 지갑 안에 넣었다.

"최종 심사까지 남은 인재니까, 우리 사무소에 들어오면 아이카하고 소꿉친구 유닛을 짜도 재미있을 것 같아."

아이돌이 된 후시미를 상상해보았다.

히메지와 유닛을 짠다면……, 뭐라고 해야 하나, 라이벌들이 일시적으로 힘을 합치는 소년 만화 같은 전개다.

본인에게는 그럴 생각이 없을 테니 안 하겠지만.

"아이카가 합격했다는 이야기는? 벌써 들었고?"

"네. 마츠다 씨에게 연락이 온 그날, 가르쳐주던데요."

"연출가들이 아이카가 충분히 뛰어난 인재라는 사실을 이해한 것 같아서 기쁘네. 내 눈이 잘못되지 않았다는 게 증명되어서 또 기쁘고."

영화를 찍어보고 알게 된 건데, 히메지는 혼자서 화면을 지탱할 수 있는 화려함을 지니고 있다. 스타성, 카리스마성 같은 무언가를.

예전에는 그런 생각을 전혀 하지 못했다. 아마 그때는 너무 서투른 연기가 방해했기 때문일 것이다.

내가 느낀 걸, 합격시킨 사람들도 비슷하게 느꼈을지도 모르겠다.

주위가 화려해지는 듯한 존재감.

……그만큼 자존심이 강하기도 하지만 말이다.

"그 애는 아이돌이 아니라 노래하는 여배우로서도 해나갈 수 있을 것 같아."

"영화를 찍어본 경험으로는 후시미가 더 잘하던데요."

후후후, 마츠다 씨가 웃었다.

"연기가 좋고 귀엽기만 한 애는 얼마든지 있단다. 하지만 아이카는 무언가를 가지고 있어."

그럼 왜 후시미에게 사무소에 들어오라고 권유하는 거지?

내 의문을 눈치챘는지 마츠다 씨는 장래성을 높게 평가하고 있다고 말해주었다.

심사에서는 그런 걸 평가하지 않으니까, 라고.

"쿙이 말한 것처럼, 아직 서투르지, 아이카는."

"그래도 통과되는 모양이네요."

연기는 히메지보다 후시미가 더 잘하는데, 그런 후시미가 아니라 다른 애가 좋은 평가를 받는 건가?

"경멸할지도 모르겠지만———."

마츠다 씨가 그렇게 이야기를 꺼냈다.

"전화를 받았을 때, 아이돌 활동을 하다가 좌절한 경력도 마음에 들었다고 하네. 연출가는 딱히 그렇지 않았던 모양이지만, 프로듀서가 말이지, 아이돌을 억지로 그만둔 여자애가 이번에는 무대 여배우가 되어 다시 무대 위로 오른다———, 그런 '드라마'가 마음에 든다는데."

"그 사실을 히메지에게는."

"말할 리가 없잖니. 우리도 모처럼 들어온 이야기를 거절할 이유가 없으니까. 아이카가 있고, 후시미가 발을 내디디려 하는 세계는 진검승부가 벌어지는 세계야. 더러운 어른의 타산투성이인 세계지."

그럼 후시미는 진 게 아니라는 건가?

결과를 순수하게 기뻐하며 의욕에 넘치는 히메지에게 찬물을 끼얹고 싶지는 않으니 방금 그 이야기는 못 들은 걸로 해야겠다.

"합격했다고 말할 때 아이카가 멋진 표정을 지었니?"

"네. 활기가 넘치는 느낌이었죠."

"그랬겠지. 큥은 아이카를 응원하니?"

"뭐, 그렇죠."

"할 수 있는 범위 내에서 협력을 부탁해도 될까?"

뭐지? 확실하게 말하지 않는 걸 보니 위화감이 든다.

"……네. 제가 할 수 있는 거라면요."

"그때, 쿵하고 딱 마주친 아이카의 표정이 바뀌는 걸 보고 확신했어."

나는 후시미를 배웅하고 난 뒤에 완전히 긴장하고 있던 히메지와 우연히 만났다.

"쿵이 상대라면 잔뜩 연애를 하고 사랑을 하고, 잔뜩 상처 입고 울고 괴로워해도 괜찮겠다고. 그 경험을 통해 감정을 끌어낼 수 있을 테니까. 지금 그 애는 너무 순수하거든."

그러니까, 하고 마츠다 씨는 말을 이었다.

"아이카를 위해서라도 그 애의 연인이 되어줬으면 좋겠어."

후기

안녕하세요. 켄노지입니다.

작년 이 시기에는 긴급 사태 선언이 나와서 꽤 어수선했습니다만, 켄노지는 주로 틀어박히는 것을 생업으로 삼고 있기 때문에 (?) 일상에 큰 변화가 없이 방구석에서 그저 소설을 쓰는 나날을 보내고 있었습니다. 재작년도 마찬가지였고, 올해도 마찬가지로 변함이 없는 나날입니다.

작가분에 따라서는 집에서 글을 쓰시지 못하는 분도 계시는 것 같습니다만, 저는 오히려 밖에서 쓰지 못하는 타입이라 그게 다행인 부분도 있었던 것 같습니다.

카페나 패밀리 레스토랑에서 집필을 하면 주위 사람들이 신경 쓰이거든요. 인간 관찰을 좋아해서 정신을 차리고 보니 그쪽에만 신경 쓰다가 집중하지 못하는 경우가 꽤 자주 있었습니다.

하지만 플롯이나 이야기 내용을 생각할 때는 집이 아닌 곳에서 생각하는 경우가 많습니다. 제 책상 앞에는 컴퓨터도 있고, 옆에 만화책도 있어서 집중을 할 수가 없습니다.

집필만큼은 집에서 하고 있네요. 신기합니다.

이 작품, 'S급 소꿉친구'의 만화판 연재가 시작되어서 매주 갱신되고 있습니다. 이미 보신 분도 계실 것 같습니다만, 만화도 정말 잘 나왔습니다!

마츠우라 하코 선생님의 이야기 구성도 정말 잘 되어 있고, 작화를 맡으신 미도리카와 요우 선생님께서 그리신 캐릭터도 정말 귀엽습니다!

'망가 UP!'에서 연재 중이니 아직 안 보신 분들께서는 꼭 한 번 봐주시기 바랍니다.

그리고 스니커 문고에서 간행되고 있는 '소꿉친구의 연애 상담. 상대가 나 같은데 아닌 모양이다'라는 소꿉친구물 러브코미디를 쓰고 있습니다.

이 작품을 좋아하신다면 즐기실 수 있을 것 같으니 그쪽도 한 번 읽어봐주시면 기쁠 것 같습니다.

시리즈가 이렇게 무사히 간행될 수 있었던 것은 많은 분들께 신세를 지고 있기 때문입니다.

이번에도 예쁘고 귀여운 히로인을 그려주신 플라이 선생님을 비롯한 담당 편집자분, 간행에 힘써주신 관계자 여러분, 서점 여러분, 그리고 구입해주신 독자 여러분 덕분입니다. 정말 감사드립니다.

5권도 기대해 주시길 바랍니다.

켄노지

역자 후기

안녕하세요, 천선필입니다.

『성추행당할 뻔한 S급 미소녀를 구해주고 보니 옆자리 소꿉친구였다』 4권, 재미있게 읽으셨는지 모르겠습니다.

작가분의 후기를 보니 저와 비슷한 생각을 하고 계신 것 같아서 신기하네요. 지금은 친가 근처로 이사 와서 그럴 기회가 거의 없긴 합니다만, 서울에 살 때는 번역하시는 분들을 가끔 만나곤 했습니다. 보통 그럴 때는 일 이야기도 했고요. 어떤 식으로 작업하는지에 대해 이야기를 나눴던 기억도 있습니다. 그러면서 제가 놀랐던 건 의외로 카페에서 작업을 하시는 분이 꽤 많았다는 점 때문이었습니다. 집에서 하시는 분보다 더 많았던 것 같기도 하네요.

저는 원고를 집에서만 하고 있습니다. 밖에서 작업을 한다는 것 자체가 상상이 안 될 정도고요. 물론 컴퓨터와 모니터에 돈을 많이 들였다는 이유도 있겠습니다만, 밖에서 원고를 하게 되면 태블릿과 노트북을 써야 할 텐데, 정말 불편할 것 같거든요. 회사를 다닐 때는 모든 직원에게 데스크톱과는 별도로 지급된 노트북을 한참 쓰기도 했습니다만, 제게는 어디까지나 보조 기기였던 것 같습니다. 밖에서 원고를 하면 어떤 느낌일지, 제게는 상상의 영역에 불과한 것 같네요.

작품 이야기를 좀 하자면, 이번 4권 번역을 마치고 보니 역시 이 작품의 큰 줄기는 료와 히나의 이야기라는 느낌이었던 것 같습니다. 표지도 1권부터 계속 히나의 독무대였고, 히나의 라이벌도 꽤 등장하면서 이런저런 사건들이 벌어지는 와중에도 두 사람의 이야기가 꾸준히 큰 비중을 차지하고 있는 걸 보면 주인공 쟁탈전은 이미 결판이 난 게 아닐까 하는 생각도 듭니다. 나름대로 임팩트 있게 등장했던 시노하라는 이제 거의 개그 캐릭터가 된 것 같아서 안쓰럽기도 하네요.

이런 생각을 하면서 이번 『성추행당할 뻔한 S급 미소녀를 구해주고 보니 옆자리 소꿉친구였다』 4권을 번역하였습니다. 매번 그랬듯이 감사의 말씀 드리고 후기를 마치려 합니다.

항상 신경을 많이 써주시는 담당 편집자분, 그리고 책을 내는 데 도움을 많이 주신 소미미디어 관계자 여러분, 그리고 가족 여러분. 감사합니다.

그 누구보다 감사드리고 싶은 분은 독자 여러분입니다. 제가 이렇게 무사히 번역을 마치고 후기를 쓸 수 있는 것도 독자 여러분 덕분이라 생각합니다. 진심으로 감사드립니다.

다시 찾아뵙게 될 때까지 행복한 하루 보내시길 바랍니다.
감사합니다.

CHIKAN SARESO NI NATTEIRU S-KYU BISHOJO WO TASUKETARA TONARI NO SEKI NO
OSANANAJIMI DATTA 4
Copyright © 2021 Kennoji
Illustrations copyright © 2021 Fly
Original Japanese edition published in 2021 by SB Creative Corp.
Korean translation rights arranged with SB Creative Corp., Tokyo
through Japan UNI Agency, Inc., Tokyo

성추행당할 뻔한 S급 미소녀를 구해주고 보니 옆자리 소꿉친구였다 4

2023년 1월 15일 1판 1쇄 발행

저　　　자 | 켄노지
일러스트 | 플라이
옮 긴 이 | 천선필
발 행 인 | 유재옥
본 부 장 | 조병권
담당편집 | 박치우
편집 1팀 | 김준규 김혜연 박소연
편집 2팀 | 정영길 조찬희 박치우 정지원
편집 3팀 | 오준영 이해빈
디 자 인 | 김보라 박민솔
라 이 츠 | 김정미 맹미영 이승희 이윤서
디 지 털 | 박상섭 김지연
발 행 처 | (주)소미미디어
인쇄제작처 | 코리아피앤피
등　　　록 | 제2015-000008호
주　　　소 | 서울시 마포구 토정로 222, 403호(신수동, 한국출판콘텐츠센터)
판　　　매 | (주)소미미디어
영　　　업 | 박종욱
마 케 팅 | 한민지 최정연
물　　　류 | 허석용 백철기
전　　　화 | (02)567-3388, Fax (02)322-7665

ISBN 979-11-384-3532-1
ISBN 979-11-384-0195-1 (세트)